Christoph Klaus

Das Erwachen des Thomas K.

Christoph Klaus

Das Erwachen des Thomas K.

*

Eine Geschichte über den Weg zu sich selbst,
voll berührender Einsichten, Momente und wundervoller
Stimmungen

*

Bibliografische Information der Deutschen Nationalbibliothek:
Die Deutsche Nationalbibliothek verzeichnet diese Publikation in
der Deutschen Nationalbibliografie; detaillierte bibliografische
Daten sind im Internet über www.dnb.de abrufbar.

© 2013 Christoph Klaus
Herstellung und Verlag:
BoD - Books on Demand, Norderstedt

ISBN: 9783732294732

Sein

Nichts Fremdes gibt es zu entdecken,
Alles ist schon immer da.
Nichts bleibt Dir verborgen,
Alles ist so klar.

Nicht getrennt sind Geist und Körper,
Nichts ist unbewusst in Dir,
Nichts begehrest du zu haben,
Alles was du brauchst, ist hier.

Kein Geheimnis ist Dein Leben,
Jedes Tun von Sinn erfüllt.
Bist Du in die Welt gegeben,
Schau, Du bist von ihr umhüllt.

Sieh, die Einheit um Dich fließen,
Erde, Himmel, Sternenzelt.
All' die Weite, all' die Leere
Gehören auch zu Deiner Welt.

Jenseits von all' dem Denken
Fühlst Du Freiheit tief in Dir.
Ihr erwächst die Kraft zu leben,
Sie besiegt den Hass, die Gier.

Such' die Wege zu beschreiten,
Die Dich zu dem Ende führn,
Zu dem Ende aller Zweifel,
Zu der Einheit auch in Dir.

Zeitlos, still und voller Frieden
Wird der Moment zur Ewigkeit.
Und Dein Selbst, das findet wieder,
Was Ihm für verloren galt.

*

Prolog

> Wo ein Baum, ein Blatt die Wahrheit spricht
> Und eine Blume göttlich ist,
> Da lebt des Menschen innig Geist
> Eine stille Kraft, dem Weltall gleich.

Von den Feldern weht ein angenehm kühler Wind. Er trägt den Duft von reifem Getreide und Stroh zu mir herüber. Ich sitze auf der Terrasse hinter dem Haus, das ich seit fast einem Jahr mit Laura bewohne. Mein Blick schweift über unseren kleinen Blumengarten und weiter in den Birkenwald, der gleich hinter dem niedrigen Holzzaun beginnt. Die geraden weißen Stämme der Bäume leuchten hell im Sonnenlicht. Es scheint mir, dass die herabhängenden Zweige und Blätter einen leichten Vorhang bilden, durch den an vielen Stellen das strahlende Blau des Sommerhimmels hindurch scheint. Hohes festes Waldgras wächst unter den schlanken Bäumen, es ist noch saftig grün, aber an manchen Stellen entdecke ich die ersten gelben Halme: Der Sommer ist auf seinem Höhepunkt.

Wie von selbst gelange ich bei diesem Anblick in eine ruhige und nachdenkliche Stimmung. An diesem warmen Sommernachmittag steigen ungezählte Momente aus den Weiten meines Geistes auf, erwachen zu neuem Leben, erblühen als wären sie nie in das stille Dunkle der Vergangenheit hinabgesunken. Blicke ich auf die Jahre meines Lebens zurück, so kommt es mir vor, als sei ich die meiste Zeit auf einer langen Suche gewesen. Auf einem unbekannten und mühsamen Weg, der bestimmt wurde von einem ständigen Streben und Forschen ohne wirkliches Ziel und Ende. Seltsam verschlungen und voller Irr- und Umwege scheint mein Leben verlaufen zu sein. Groß war meine Verzweiflung und oftmals sah mein Blick nur Schmutz und Dunkelheit.

Es mussten erst viele Jahre vergehen, bis ich in all' dem Sinn und Ziel sehen und einen Weg erahnen konnte, der immer da und doch so schwer zu begreifen war. Es war mein Weg, den ich gehen musste, obwohl er mir oft schmerzlich und sinnlos schien. Jetzt weiß ich, dass kein Zweifel sinnlos und keine Suche vergebens war. Denn all diese Ereignisse haben mich hier an diesen wunderschönen Ort geführt. Tief im Herzen bin ich dankbar für jedes Einzelne von ihnen. Denn wer weiß, wo und wie ich heute leben würde, was für ein Mensch ich wäre, wenn nur eine dieser Erfahrungen anders verlaufen wäre.

Heute scheint mir das Leben und jeder Moment darin wie ein Geschenk, das ich ohne mein Zutun erhalten habe. Allerdings ist es nicht immer leicht für mich gewesen, das zu erkennen. Viel zu oft war ich in der Welt meiner Gedanken und Träume, meiner Vorstellungen und Wünsche gefangen.

1

Schon früh in meiner Kindheit und Jugend begann ich mich zu fragen, wie die Welt um mich herum aufgebaut war. Was steckte hinter den Dingen? Wie wurden die Produkte hergestellt, die mich jeden Tag umgaben, die ich aß und trank? Wie funktionierte die Welt (die für mich damals eine noch viel Kleinere und Einfachere war) überhaupt?

Die Schule war für mich ein Ort, an dem ein Teil meiner Fragen beantwortet wurde. Ich war ein stiller und aufmerksamer Schüler; ich wollte wissen, wollte lernen und verstehen. Je älter ich wurde, desto weniger konnten meine Fragen beantwortet werden. Es galt nur, komplizierte Rechenaufgaben zu lösen, diffizile und umfangreiche Texte zu bearbeiten. Auf meine Fragen, was wohl die Kunst des Lebens ausmacht, was der Sinn hinter all dem war – darauf bekam ich von keinem Lehrer eine brauchbare Antwort.

Man sagte mir lediglich, dass Familie und Beruf sinnstiftend sein würden. Nur waren mir diese Antworten nicht genug. Auch die verschiedenen Religionen boten keinen begehbaren Weg für mich, da sie die Antworten, nach denen ich suchte, durch den jeweiligen Glauben ersetzten. In mir blieb einzig eine stille Verehrung für die Weisheit des Ostens, ein Gefühl, dass etwas Edles und Wahres hinter diesen Lehren verborgen sein könnte.

Die Zeit, Antworten zu finden, war für mich noch nicht gekommen. Dies führte dazu, dass ich mein Leben immer mehr in Zweifel zog und schließlich in eine tiefe Sinnkrise verfiel. Meine Arbeit und mein Leben wurden ein dumpfes, trübes sich Abrackern ohne Freude und Hoffnung. Einzig in den Weiten der Natur, in offenen Landschaften und in den Aussichten von Berggipfeln fühlte ich Linderung. Es schien mir, als würde eine verborgene Kraft von ihnen ausgehen, die Trost spendete. Vielleicht spürte ich in diesen Augenblicken einen stummen Widerhall der Seele, eine leise Ahnung, dass die Antworten tief versunken in meinem Innersten verborgen lagen.

2

Eines Tages erinnerte ich mich an die Sommerreisen meiner Kindheit. An die vielen Urlaubstage, die wir damals am Meer verbrachten. So beschloss ich, meinen Sommerurlaub an der Ostsee zu verbringen. Meine Reise führte mich nach Zingst, wo ich jeden Morgen am Ufer des Meeres stand und den Sonnenaufgang sah. In diesen Momenten empfand ich die wohltuende Stille und Einsamkeit, nach welcher ich mich so sehr sehnte.

In den frühen Morgenstunden waren nur wenige der Menschen unterwegs, die tagsüber so zahlreich die Straßen und Wege bevölkerten. Ich fühlte mich stets von ihnen gestört, weil sie so fröhlich und lebensfroh ihren Urlaub genossen und nichts von meinem Leid ahnten.

Am liebsten hätte ich die ganze Zeit das Meer für mich allein gehabt. Wie schön wäre es gewesen, die Stunden des Tages ungestört auf der Seebrücke zu verbringen – nur dem Wind und den Wellen lauschend. Da dies nicht möglich war, zog ich mich, wenn der Tag der anderen Urlauber begann, in mein Quartier zurück, wo ich lesend bei einer Flasche Wein auf den Abend wartete. Dann ging ich noch einmal zum Strand, um die letzten Strahlen der Sonne zu genießen, bevor sie im Meer versank.

Eines Morgens, schon fast am Ende meiner Reise, stand ich wieder auf der Seebrücke und atmete tief und schnell die kühle Morgenluft ein, die so frisch und salzig schmeckte. Ich sah das türkisblaue Wasser des Meeres und den weiten offenen Himmel, über den einzelne weiße Wolken zogen.

Lag es an meiner Verzweiflung, meiner seelischen Erschöpfung, an dem vielen Wein der letzten Wochen oder dem schnellen Atmen? Warum es geschah, kann ich bis heute nicht sagen. Aber mir passierte an diesem Morgen etwas Wunderbares. Ich stand allein auf der Seebrücke, den Blick auf den Horizont gerichtet. Mein müder Geist war voller enttäuschter Vorstellungen, voller Träume und Wünsche an eine Welt, die so schön hätte sein können und doch nicht war. Schmerzlich empfand ich diesen Widerspruch.

In jenem Augenblick, als alles in mir in tiefer Verzweiflung zu versinken schien, lösten sich plötzlich die ständig kreisenden Gedanken auf. Mein Geist schwieg und ich empfand ein Gefühl der Einheit, spürte eine Verbindung mit der Weite des Meeres. Ich fühlte mich eins mit dem Horizont, eins mit dem blauen Himmel. Selig stand ich auf der Seebrücke und wusste doch nichts davon. Es war, als hätte es nie ein Ich, nie eine Persönlichkeit in mir gegeben. Als ich wieder zu mir kam, schien es, als sei die Welt für einige Minuten verwandelt gewesen. Mit Tränen in den Augen blickte ich auf den Horizont. In dieser Stunde war meine Seele erfüllt von einem wundersamen Frieden.

Ein Augenblick an der See

Am Meer da stand ich morgens schon am Ufer ganz allein.
Und blickte still und wartend ins weite Blau hinein.
Es kam ein Augenblick, da sank die müde Seele mir hinab ins weite Meer.
Und ward zu Wasser, Strand und Licht, da gab es mich nicht mehr.
So stand ich da, und wusste nichts vom ich und auch vom du.
Dort lebt mein Herz auf ewig fort in stiller, weiter Flut.

Einen Moment lang wunderte ich mich über das, was gerade geschehen war. Den Rest des Tages verbrachte ich in einer seltsamen Stimmung, nachdenklicher als sonst, dankbar mit dem Meer und der Weite des Himmels verbunden. Doch blieb mir von dieser Erfahrung nicht viel mehr als Verwunderung und ganz im Stillen die leise Ahnung, dass es doch Hoffnung geben könnte.

3

Mein Leben lief weiter seinen gewohnten Gang bis ich an einem schönen Frühlingstag im darauf folgenden Jahr spazieren ging. Im nahen Wald gab es eine Stelle, an der sehr alte Buchen standen, deren mächtige Stämme wie Säulen weit in den Himmel ragten. An diesem Ort begegnete ich zum ersten Mal Hans Schwab. Er saß auf einer Bank unter den Bäumen und grüßte mich freundlich im Vorübergehen.

Es gibt im Leben manche Zufälle, die einem im Nachhinein so erscheinen, als wären es gar keine. Dann kommt es einem so vor, als ob wir in dem Moment, in dem wir einen Menschen brauchen, diesem auf irgendeine Art und Weise begegnen. In meinem Fall war es Hans, der mich, nachdem wir uns bereits zwei Stunden unterhielten, am nächsten Tag zu sich nach Hause einlud. Er wohnte direkt am Waldrand. Ich hatte das Gartengrundstück schon einmal gesehen und mir damals überlegt, wie schön es doch wäre, dort zu leben.

Am darauffolgenden Morgen fuhr ich wie verabredet noch einmal zum Wald. Über einen von Obstbäumen gesäumten Feldweg gelangte ich bis zu dem abgelegenen Grundstück von Hans. Ein süßer, würziger Duft drang durch die Hecke, die den Garten umschloss. Ich blieb eine ganze Zeit lang am offenen Tor stehen und genoss den exotisch anmutenden Duft, der auf mich beruhigend wirkte. Ganz in meiner Nähe hörte ich in den Bäumen viele Glöckchen klingen. Der Frühlingswind trieb sein Spiel mit ihnen. Ihr heller Klang verband sich mit den unzähligen Vogelstimmen zu einer lieblichen Melodie, die unwirklich wirkte und mich den flüchtigen Hauch des Friedens ahnen ließ, der an diesem Ort zu wirken schien.

Wie von einer unsichtbaren Hand gezogen, ging ich durch das Tor und trat unter den lichten Schatten mächtiger alter Bäume. Besonders sind mir die Kastanien in Erinnerung geblieben, die mich mit ihren unzähligen roten und weißen Blüten beeindruckten. Auch stand ich lange vor einer majestätischen Platane, die ihre ausladenden Äste über den Gartenweg reckte. Dies alles bot den Eindruck eines kleinen Parks, war aber doch wild und wenig von Menschenhand geordnet.

Ein schmaler Pfad aus Trittsteinen führte durch den Garten. Auf ihm kam ich nach einigen Metern zu einer Schale, die ohne Verzierungen aus Tuffstein gehauen war. Ihr entstieg in dünnen Fäden Rauch, den der Windhauch mal nach links und mal nach rechts in Wirbeln davon blies. Einige Räucherstäbchen waren die Quelle des köstlich fremdartigen Duftes, der vor der Hecke so lockend zu mir gesprochen hatte. Nun konnte ich einen ersten Blick auf das Haus werfen, das – wildromantisch von Efeu und Gebüsch überwuchert – vor mir stand.

Vor dem Haus lag eine Veranda. Drei Holzstufen führten mich hinauf, dann stand ich vor der Tür. Ich klopfte und drückte die Klinke herunter, aber die Tür war verschlossen. Als ich gerade gehen wollte, hörte ich Geräusche. Jemand schien hinter dem Haus zu arbeiten. So lief ich um die Vorderseite des Hauses herum, dem Garten entgegen.

An der Hausseite standen im Sonnenlicht zwei große Magnolien, hochgewachsene Sträucher, deren Blüten langsam zu welken begannen, sie waren allerdings immer noch prachtvoll anzusehen. Dahinter wuchsen in verschiedenen Größen Fichten und Kiefern, die an dieser Seite die Grenze des Grundstücks markierten. Hier öffnete sich der Blick in den weitläufigen hinteren Teil des Gartens. Auf der Rückseite des Hauses standen viele Obstbäume; manche noch blühend, andere schon welkend. Der leichte Wind ließ ihre Blütenblätter wie Schnee herumwirbeln und zu Boden fallen.

4

Hinter dem Haus lag eine zweite Veranda. Um sie herum wuchsen Weinstöcke, jetzt waren nur knochige Äste an den Rankhilfen zu sehen. Man konnte sich aber gut vorstellen, wie sie im Sommer und Herbst in dichtes Weinlaub gehüllt sein würden.

Ein stiller, etwas abseits gelegener Teil des Gartens war im japanischen Stil gestaltet worden. In ihm stand ein, von zwei alten Kiefern überragtes, kleines Teehaus.

Jetzt verstand ich, warum Hans Schwab mich gestern zu sich eingeladen hatte. Dieses wunderschöne Fleckchen Erde war ein kleines Paradies und es war sehr großzügig von ihm, es mit anderen Menschen zu teilen. Hier traf ich Hans wieder, der, wie so oft bei schönem Wetter, im Garten arbeitete. Als er mich an der Ecke der Veranda stehen sah, stellte er die Hacke beiseite und kam freundlich lächelnd auf mich zu.

Noch bevor er mich erreicht hatte, rief er: „Es ist schön, dass du gekommen bist. Wie geht es dir heute?" Dabei streckte er mir beide Hände zum Gruß entgegen. Als wir uns gegenüber standen, sagte ich: „Danke gut. Du wohnst sehr hübsch hier."

„Mag schon sein", antwortete er „allerdings glaube ich, dass es hier genauso gut ist wie überall sonst. Warte bitte einen Augenblick. Ich will etwas frisches Wasser für den Tee holen."

Fast in der Mitte des Gartens sprudelte eine Quelle, deren Wasser fröhlich plätschernd in ein steinernes Becken floss. Dort füllte Hans eine Steingutkanne mit frischem Wasser und kam damit zu mir zurück. Im Vorbeigehen sagte er: „Komm bitte mit, ich zeige dir jetzt das Haus."

5

Wir gingen über die hintere Veranda in das Haus und kamen in einen großen, hellen Raum mit vielen Fenstern. Das Zimmer war mit japanischen und europäischen Möbeln eingerichtet. Einen Teil des Fußbodens bedeckten Tatami (Reisstrohmatten). Es gab einen großen, runden Tisch, um den fünf Stühle standen, Bücherregale an den Wänden, einen Kamin und in den Fenstern viele Zimmerpflanzen.

Hans zeigte mir eine japanische Kalligrafie, die an einer Wand hing. Auf ihr waren in verschiedenen Größen Schriftzeichen gemalt, die sich überschnitten, aber dennoch einzeln für sich wirkten. Er machte mich auch auf eine andere Besonderheit aufmerksam: Es gab in diesem Zimmer fast keine elektrischen Geräte, nicht einmal eine Lampe hing von der Decke, einzig ein CD- Player stand in einem Fach des Bücherregals. In der dunklen Jahreszeit erhellten lediglich Kerzen den Raum, die an verschieden Stellen aufgestellt waren. Hans hatte sich bei der Einrichtung bewusst dafür entschieden, in diesem Zimmer alles möglichst schlicht zu halten. Und in der Tat hatte dieser Raum eine besondere Ausstrahlung.

Wir gingen aus diesem Zimmer und kamen über einen Korridor in die Küche. Sie war nicht sehr groß, aber gemütlich eingerichtet. Ich spürte deutlich, dass sich hier ein Großteil des Lebens abspielte. Durch drei große Fenster schien das Licht der Vormittagssonne in den Raum hinein. Von hier aus konnte man genau auf die beiden prächtigen Magnolien sehen, die an der Seite des Hauses blühten.

Hans bat mich, am Esstisch Platz zu nehmen, während er einen Kessel mit dem mitgebrachten Quellwasser füllte. Auf dem Küchentisch standen schon eine winzige Tonkanne und ein paar Trinkschalen. Aus einem Schrank holte er eine sehr hübsch aussehende kleine Dose, die aus roter Kirschbaumrinde gefertigt war und einen, an Tannennadeln erinnernden Tee enthielt. „Hast du schon einmal Sencha getrunken?", fragte er. „Nein", antwortete ich, „ich habe mir bisher nie viel aus Grünem Tee gemacht."

„Das ist schade", meinte er, „denn es ist ein erfrischendes, sehr wohlschmeckendes Getränk. Auch wenn gute Qualität selten zu bekommen ist und die Preise in den letzten Jahren immer mehr gestiegen sind. Möchtest du nicht eine Schale probieren? Er wird dir bestimmt schmecken."

6

Ganz von selbst, während wir auf das Kochen des Wassers warteten, kam ein Gespräch in Gang, in dem ich Hans viel von mir und meinen Problemen erzählte. Ich erklärte ihm, dass ich meine Arbeit und mein Leben als immer größere Last empfand, dass ich das Gute in den Menschen nicht sehen konnte und jedes Lachen auf der Straße oder hinter meinem Rücken auf mich bezog.

Ich fühlte mich missverstanden, ausgelacht und ausgestoßen. Andere kamen im Leben schneller und einfacher vorwärts; sie erreichten das, was sie wollten, viel leichter. Mir kam es so vor, als ob sie beispielsweise den Arbeitsplatz, den sie sich wünschten, fanden, nicht weil sie bessere Zensuren hatten oder qualifizierter waren als ich, sondern weil sie sich besser verkaufen konnten oder Frauen waren, von denen sich der Chef etwas versprach.

Oft fühlte ich mich vom Schicksal verfolgt. Wenn sich auf der Arbeit oder in der Gesellschaft eine Vorschrift oder ein Gesetz änderte, dann gehörte ich mit großer Wahrscheinlichkeit zu denen, die es betraf und denen es hinterher schlechter ging, die mehr Steuern bezahlen mussten, mehr Arbeit auf dem Schreibtisch liegen hatten oder weniger Sozialleistungen empfingen.

Wenn ich abends müde und erschöpft nach Hause kam, völlig ausgelaugt mit schmerzendem Rücken und brennenden Füßen, bot mir nur der dumpfe Rausch des Alkohols für einige Stunden Zuflucht und Vergessen von der Welt da draußen, einer Welt die mir nicht gefiel und der ich nur zum Schein angehörte.

Ich schlief schlecht und hatte oft Albträume, die mich auch am Tag noch verfolgten. So lag ich viele Nächte mit brennenden Augen und Kopfschmerzen wach und wartete auf den grauen Morgen, der unbarmherzig kam und mich dazu zwang, wieder aufzustehen, zur Arbeit zu fahren, dort den ganzen Tag Dinge zu tun, die mir nicht gefielen. Dinge, an denen ich kein Interesse hatte und deren Ergebnis weder für die Gesellschaft noch für den Einzelnen von Nutzen war. Ich stellte mich für ein Monatsgehalt, für eine Handvoll Papier, das überall als Tauschmittel anerkannt wurde, Tag für Tag einem schlecht gelaunten Chef zur Verfügung, der mit der Arbeit, die ich verrichtete, nicht zufrieden sein wollte und immer mehr aus mir herauszuholen versuchte.

7

Mir schien, dass es überall auf der Welt genauso schlecht lief. Die Politiker trafen nur Entscheidungen, die ihre Wiederwahl nicht gefährdeten und den großen Konzernen in die Hände spielten. Gesetze wurden von Leuten geschrieben, die auf den Gehaltslisten derselben Konzerne standen oder in deren Aufsichtsräten saßen. Allerdings nicht zum Nutzen des Allgemeinwohls, obwohl man gerne davon sprach und mit großem Aufwand versuchte, es so erscheinen zu lassen.

An immer mehr Orten der Welt gab es Kriege; Menschen verhungerten, starben an Seuchen und Krankheiten, weil sie zur Flucht gezwungen wurden oder man ihnen die Lebensgrundlage entzogen hatte. In vielen Ländern klaffte die Schere zwischen Arm und Reich immer weiter auseinander. Selbst in den wohlhabenden Staaten gab es soziale Probleme und Ungerechtigkeit.

Aber ich brauchte gar nicht so weit ausholen: Wenn ich mir ansah, wie die Lebensmittel, die wir jeden Tag kauften, hergestellt wurden, musste ich erkennen, dass die meisten von ihnen aus Großbetrieben kamen und mit unüberschaubar vielen chemischen Zusatzstoffen versehen waren. Welche Qualen litten die Tiere in den Milch- und Mastbetrieben, die genauso eine Industrie bildeten? Überall verspritzte man auf den Feldern Dünge- und Pflanzenschutzmittel, die sich dann im Obst und Gemüse wieder fanden. Mit Vorsatz oder Ignoranz vergiftete man damit nicht nur die Schädlinge und das Unkraut, sondern auch den Boden und das Trinkwasser.

Der Weg meines Lebens nahm – genau wie die Welt – eine falsche Richtung. Was ich auch versuchte, es missglückte oder lief schlecht. Das Ganze schien sinnlos und nichts weiter als eine nicht enden wollende Qual zu sein – voller Falschheit, Dunkelheit und innerer Leere. Aber ich konnte es nicht ändern, es nicht zum Besseren wenden. Die Welt war voller Leiden, das sich tief in mir widerspiegelte. Es höhlte mich von innen aus und das Dunkel fraß sich unaufhörlich weiter durch meine Seele.

8

Hans hatte mich lange reden lassen. Aufmerksam hörte er mir zu. Ich fühlte, dass er zu einer früheren Zeit vielleicht einmal dasselbe erlebt, gedacht oder empfunden haben musste. Ich spürte sein Verständnis und Mitgefühl. Vor allem aber stieg Zuversicht in mein Herz, weil ich sah, dass es einen Menschen gab, der einmal so gelitten hatte wie ich und der heute ein Leben führte, in dem er selbst alle Fäden fest in der Hand hielt. Noch dazu hatte er die Kraft, anderen Menschen wie mir beizustehen, sich ihre Probleme anzuhören und ihnen auf eine mir noch verborgene Art vielleicht zu helfen.

Das Teewasser kochte schon lange vor sich hin. Keiner von uns hatte darauf geachtet. Nun nahm Hans den Kessel vom Herd und stellte ihn zum Abkühlen beiseite. Er öffnete eines der Fenster. Die frische Luft durchflutete fast augenblicklich den Raum. Mir schien es, als ob mit der Luft auch viele Ängste und Zweifel meines Lebens in den frühlingshaften Garten davon schwebten.

„Weißt du", sagte Hans, „du leidest an einem Konflikt, den es gar nicht gibt. Er existiert nur in deiner Einbildung; ist nur vorhanden, weil du davon ausgehst, dass etwas anders sein müsste. Du verzweifelst an deinen eigenen Vorstellungen. Vielleicht bist du wirklich anders, als die Menschen um dich herum. Du hast es bloß noch nicht richtig erkannt oder willst es dir nicht eingestehen. Vielleicht denkst du dir, dass du dich nur besser anpassen musst. Aber du solltest nur du selbst sein – nicht das, was andere und sogar du selbst von dir denken oder erwarten. Das ist nicht so leicht zu verstehen. Trotzdem möchte ich, dass du mir glaubst, dass es immer Hoffnung gibt. Irgendwann wirst du die Antworten finden, die du suchst. Keine endgültigen und ewig richtigen – aber Antworten, die dir im Leben weiterhelfen werden."

Nach diesen Worten drehte sich Hans zum Fenster und sah in den Garten hinaus, wo gerade eine Windböe einige Blütenblätter der Magnolie davon blies. Im klaren Licht der Vormittagssonne leuchteten sie wie rosa- weiße Edelsteine. Nach einer Minute wandte er sich wieder zu mir um und sagte heiter lächelnd: „Lass' uns jetzt Tee trinken. Mögen in dieser Zeit alle Sorgen und Probleme ruhen."

In wenigen Sekunden hatte er den Tee aufgebrüht und in die Schalen gefüllt. In ihnen dampfte ein tiefgrüner Aufguss mit einem milden, süß- grasigen Geschmack.

Ich hätte mir nie vorstellen können, dass eine Tasse Tee so erfrischend und belebend sein, gleichzeitig auch beruhigend wirken und dem Geist Momente des Friedens und Glücks schenken konnte. In mir breitete sich ein Gefühl aus, wie ich es nur vom langen Beobachten ziehender Wolken kannte. Ich dachte in dieser Zeit an nichts und lauschte dem Gesang der Amseln im Garten. Immer wieder wurde das Kännchen mit Wasser gefüllt und ein zweiter, dann ein dritter Aufguss in die Schalen verteilt.

9

Nachdem wir den Tee ausgetrunken hatten, begann Hans erneut ein Gespräch. Er sagte: „Es gibt im Leben, nicht jeden Tag aber öfter als du dir vorstellen kannst, besondere Momente, die erfüllt sind von einer tiefen Einsicht und wundersamen Bedeutsamkeit. Mitten in unserem alltäglichen Leben kann sich das Tor zu einem anderen Bewusstseinszustand öffnen. Vielleicht beim Betrachten der Abendsonne, deren flaches, warmes Licht durch die Blätter der Bäume fällt, beim Anblick eines Babys, das dich anlächelt oder beim Blick in eine Rosenblüte. Leider nehmen wir solche Momente viel zu selten richtig wahr. Die Gründe dafür sind so vielfältig wie das Leben. Allerdings glaube ich, dass es oft Angst vor dem Fremden, Neuen und Unerwarteten ist, eventuell eine Angst tief in seinem Inneren feststellen zu müssen, das man ein anderer Mensch sein könnte. Letztlich bekommen wir nirgends einen Anhaltspunkt oder eine Hilfestellung, mit diesen Erfahrungen umzugehen, so dass wir sie lieber verdrängen und schließlich unempfindlich für sie werden.

Ich glaube, dass fast jeder Mensch zufällig oder bei einer bestimmten Gelegenheit durch dieses imaginäre „Tor" getreten ist und die Welt mit anderen Augen gesehen hat. Vielleicht bist du zu irgendeinem Zeitpunkt auch einmal hindurchgegangen? Mir persönlich scheinen solche tiefen Erfahrungen äußerst wichtig zu sein. Darum möchte ich dir jetzt von einem solchen Erlebnis berichten."

Nun schwieg er einen Augenblick, schließlich begann er erneut zu reden: „Vor vielen Jahren, ich war gerade zwanzig Jahre alt, besuchte ich an einem feuchtkalten Februartag eine barocke Wallfahrtskirche. Nachdem ich durch das mächtige Eingangsportal getreten war und sich die Tür hinter mir geschlossen hatte, umfing mich die Stille des weiten Raumes. Niemand außer mir war in diesem Moment in der Kirche. Trotzdem spürte ich, dass die Luft erfüllt war von etwas Unbekanntem und Wundersamen. Erst erschien es mir wie ein stilles Echo der Zeit, eine Emotion hervorgerufen durch das Alter und die Pracht des Gebäudes. Im nächsten Augenblick hatte ich allerdings das Gefühl, als ob die Gebete und Führbitten unzähliger Menschen in der kalten Luft des Kirchenraumes schweben würden. Der ganze Ort schien von dieser geheimnisvollen Kraft erfüllt zu sein, als hätten zahllose Gläubige im Lauf der Jahrhunderte etwas von sich selbst in diesem Raum zurück gelassen, das nun die Altäre, Steine und Skulpturen durchdrang.

Überwältigt stand ich da, noch immer keinen Meter vom Eingangsportal entfernt. Langsam ließ ich meinen Blick durch den reich verzierten Raum schweifen. Ich sah Fresken in lebendigen leuchtenden Farben, Marmorsäulen deren Musterung mir wie gerade erst erstarrte und zu Stein gewordene Flammen erschienen, verschwenderisch ausladende Statuen, deren Augen mich verfolgten, mir zulächelten und mich dennoch nicht ängstigten. Von all dem tief bewegt und überwältigt, ging ich ein Stück weiter durch den Raum, zwischen den Bänken und Säulenreihen hindurch.

Es war nicht so sehr die Pracht des ausgeschmückten Kirchenraumes, sondern dieser andere "Bewusstseinszustand" der mich immer mehr in seinen Bann zog. Nach einiger Zeit wurde ich auf eine kleine Seitenkapelle aufmerksam, die im Querhaus untergebracht war. Mich überkam der Wunsch, diesen kleinen Raum zu betreten. Langsam und so leise wie es mir möglich war schritt ich darauf zu. Die Gittertür zu der kleinen Kapelle stand offen.

Dieser Raum war in seiner Art ganz anders als der Rest der Wallfahrtskirche, in ihm befand sich nicht mehr als ein großer Kerzenaltar. Die Wände waren ohne jeden Schmuck und vom Ruß ungezählter Kerzen schwarz gefärbt. Ein Kreuzgewölbe überspannte die niedrige Kapellendecke. Schon auf dem Weg zu diesem Raum hatte ich das Gefühl mit jedem Schritt, die Welt und alle Zeit weit hinter mir zurück zulassen.

10

Thomas, vielleicht kannst du dir vorstellen, wie ich mich fühlte, als ich die kleine Kapelle betrat und direkt vor dem Kerzenaltar stand. Allein in einem kalten, vielleicht acht Quadratmeter großen Raum, mit dunklen geschwärzten Wänden, nur erhellt von brennenden Kerzen. Schon nach wenigen Augenblicken erfuhr alles um mich herum eine weitere Veränderung. Es zog mich fort und ich wandelte jenseits der Grenzen von Gedanken und Logik. Mir war zumute als würden die Jahrhunderte aus den steinernen Mauern auf mich einströmen. Umgeben von diesen alten Steinen, die so viel gesehen hatten, sah ich mein eigenes Leben, meine eigenen Erfahrungen zusammen fallen und in den unendlich weiten Dimensionen von Zeit und Raum vergehen. In diesem Moment war alles Eins und vollkommen, ohne Gedanken, Fragen oder Träume. Ich stand vor den Kerzen und blickte in ihre ewig unbewegten Flammen.

Nach einiger Zeit kehrten die Gedanken und Fragen, die mich damals beschäftigten, wieder. Langsam gewann die gewohnte Welt aus Namen und Bewertungen ihre Gültigkeit zurück. Fast im selben Moment tauchten eine Menge neuer Fragen in mir auf und es sollten viele Jahre vergehen, bis ich sie beantworten konnte. Allerdings wurde dieser Moment zu einem Wendepunkt in meinem Leben."

Hans schwieg und mir schien es, als ob er in der Zeit zu jenem Moment zurück gegangen wäre. Dann sah er mich freundlich aus strahlenden Augen an und fuhr fort:

„Hier begann mein Weg! Nach all den Jahren glaube ich, dass man jeden Augenblick mit dem Moment im Leben eines Vogels zu vergleichen kann, indem er zum ersten Mal seine Flügel ausbreitet und sich mit einigen unbeholfenen Flügelschlägen in die Luft erhebt. Als Jungvogel im Nest sah er die Altvögel hin und herfliegen. Vom Fliegen wusste er jedoch nichts. Später kurz vor seinem ersten Flug stand er am Nestrand und schlug mit den Flügeln wie die Alten, allerdings fliegen konnte er immer noch nicht. Erst in dem Moment als er die richtige Windböe unter seinen Flügeln spürt und sich in die Luft erhebt, da fliegt er und sogleich merkt er, dass es nicht kompliziert, nicht unmöglich ist. Es bedurfte nur dieses einen Augenblicks, an dem er es endlich tat."

11

Aufmerksam und tief bewegt hatte ich den Worten von Hans zugehört. Auf sonderbare Weise fühlte ich mich bei seinem Bericht an etwas erinnert, das mich betraf, etwas das ich selbst erlebt haben musste. Plötzlich kam mir wieder der Moment auf der Seebrücke in den Sinn. Ich fühlte mich Hans zugehörig. Auch ich hatte einmal das Tor durchschritten. Nachdem er mit seiner Erzählung fertig war, berichtete ich ihm von meinem besonderen Moment am Meer. Noch während ich sprach, kam eine weitere Erinnerung aus unendlich ferner Zeit in mein Bewusstsein herauf.

Ein leichtes Schaukeln wiegte mich in einen sanften Schlummer. Ich war noch ein kleines Kind, vielleicht drei oder vier Jahre alt und saß in einem Tragegestell auf dem Rücken meines Vaters. Immer wieder wachte ich kurz auf und schlief gleich darauf wieder ein. Mein Vater ging einen Waldweg entlang. Links neben uns standen alte Laubbäume. Mächtige Äste ragten weit ausladend über den Weg. Auf der Rechten

Seite breitete sich eine große Wiese aus, dahinter lag in einiger Entfernung ein weiteres Waldstück. Dort über den Kiefern am anderen Ende der Wiese stand die Nachmittagssonne und tauchte die gesamte Landschaft in ein helles gelbes Licht. Kleine Insekten tanzten über den hohen trockenen Gräsern im Gegenlicht.

Äste und Blätter, die sich im warmen Luftzug bewegten, selbst kleine Büsche und Gräser warfen ihre Schatten als filigrane Abbildungen auf den Weg, der ein einziges Wechselspiel aus Licht und Schatten war. In meiner Erinnerung hatte die gesamte Landschaft eine Dimension mehr. Sie war nicht getrennt von mir, ich gehörte wie die Bäume und Grashalme, wie der blaue Himmel und die Sonne an diesen Ort, und empfand ein starkes Gefühl der Geborgenheit. Es war ein vollkommener Augenblick.

Auch von dieser Erinnerung erzählte ich Hans. Er nickte und sagte: „Genau diese Momente sind es, die mir wichtig und bedeutsam scheinen."

12

Es war kurz vor Mittag, als sich Hans erhob und die Teeutensilien zurück an ihren Platz stellte. Er begleitete mich aus der Küche auf die Veranda zurück und sagte: „Es ist noch einiges im Garten zu erledigen. Auch im Gewächshaus wartet die Arbeit auf mich. Dort sind schon viele Gemüse- und Blumensamen gekeimt, die jetzt meine Aufmerksamkeit brauchen." Seine Augen strahlten und ich spürte in seinen Worten die pure Leidenschaft und die Begeisterung, mit denen er sich um den Garten kümmerte.

Als ich ihm gerade die Hand zum Abschied reichen wollte, meinte er: „Am nächsten Wochenende kommen mich einige Freunde besuchen. Wenn du dich nicht scheust, bist du herzlich eingeladen." In meinem Innersten fühlte ich, dass mir hier ein besonderer Mensch gegenüber stand, dass hier vielleicht die Gelegenheit war, einen guten Freund zu finden – einen Menschen, der mich im tiefsten Herzen verstand. Deshalb nahm ich die Einladung kurzentschlossen an. „Dann sei bitte Samstagnachmittag gegen fünfzehn Uhr hier." sagte Hans „Und nimm' dir nichts weiter vor, es ist gut möglich, dass du auch den Abend und die Nacht hier bleiben willst. Falls du einen

Schlafsack hast, bring ihn bitte mit. Alles andere wird sich am Abend zeigen."

Ich verabschiedete mich freundlich, es hatte mir gut getan, mit Hans zu sprechen – sein Wohlwollen und Mitgefühl zu spüren. Dennoch war ich etwas enttäuscht, denn was hatte ich von diesem Besuch erwartet? Dass mir ein Gespräch sofort Besserung verschaffen würde? Dass gar ein Wunder geschehen und ich heute als neuer Mensch nach Hause gehen würde? So etwas gab es leider auch hier nicht.

13

Die Tage bis zum Wochenende gingen langsam und ereignislos vorbei. Das Wetter war am Samstagmorgen schlechter geworden. Dunkle Wolken zogen über einen bedrohlich wirkenden Himmel. Als ich am Haus von Hans ankam, hatte es schon zu regnen begonnen. Er saß zusammen mit einer Frau auf der Veranda. Als er mich sah, kam er mir freudestrahlend entgegen und begrüßte mich. „Lieber Thomas, gut, dass du den Mut gefunden hast, heute zu mir zu kommen. Ich möchte dir noch Einiges erzählen. Aber komm erst mal ins Trockene." Er nahm meinen Arm, führte mich die Veranda hinauf und stellte mich der Frau vor, neben der er gesessen hatte.

„Das ist meine Gefährtin Anne." Sie erhob sich und sah mich aus strahlend blauen Augen freundlich an, nickte mir zu und gab mir lächelnd die Hand. In allem, was sie tat – in ihrer ganzen Erscheinung und Körpersprache spürte ich eine starke Präsenz. Sie besaß eine Persönlichkeit voller Lebensfreude und Herzlichkeit, die mich tief beeindruckte.

Nachdem wir uns auf die Veranda gesetzt hatten, nahm Hans das Gespräch wieder auf. Zu mir gewandt, meinte er: „Das Leben ist wie ein Zauber, der keiner ist. Man könnte sagen: Es ist göttlich und doch ist es nichts weiter als ein natürlicher Kreislauf. Wie wir das Leben erfahren, liegt zu einem großen Teil an uns selbst. Meist sind die Dinge, die wir für wichtig und bedeutsam halten, völlig unwichtig; das Kleine, Einfache und scheinbar Unbedeutende aber ist wirklich wichtig. Du kannst deinen Blick mit Sarkasmus und Hass auf all' das richten, was dir in der Welt nicht gefällt. Dann wirst du sie bald in deine persönliche Hölle verwandelt haben. Alternativ kannst du die Welt auch voller Mitgefühl betrachten: So wirst du schnell mehr Liebe und Menschlichkeit, mehr Schönheit und Erfüllung finden, als du dir jemals hättest vorstellen können. Es liegt einfach an deiner Sichtweise, an deinem Blickwinkel."

Anne hatte genau wie ich aufmerksam zugehört und bei dem einen oder anderen Satz zustimmend genickt.

Hans fuhr fort: „Es kommt mir so vor, als ob die meisten Menschen sowohl vor dem Leben als auch vor dem Tod Angst haben. Sie fürchten sich vor dem Heute und dem Morgen. Dabei kommt die Angst vor dem Morgen aus einem Mangel am Heute. Zuviel wollen sie erreichen, zuviel glauben sie, tun zu müssen, zu viele Verpflichtungen machen ihnen das Leben schwer. Sie haben nicht genug Zeit, um sich selbst kennen zu lernen, um zu erfahren, wer sie wirklich sind und um abwägen zu können, was wichtig für sie ist. Zu vieles in ihrem Leben, was verwirklicht und zur Blüte gebracht werden sollte, bleibt ungetan. Sie haben zu wenig Selbstvertrauen, um sich gegen den Mainstream und für sich selbst zu entscheiden. Es mag viele Menschen geben, für die das Leben, das unsere Leistungsgesellschaft bietet, das Richtige und Beste ist. Ich verurteile dieses Leben nicht. Dennoch bin ich der Ansicht, dass es nicht die einzige Möglichkeit sein sollte. In diesem Punkt sind wir uns hier alle sehr ähnlich. Für dich, mich und viele andere ist es notwendig, eine Alternative zu finden. Es gibt andere Wege. Sie sind lediglich schwerer zu finden und oft von Selbstzweifeln begleitet. Dort bläst ein starker Gegenwind. Allerdings können sie gerade deswegen ein Schritt in ein selbstbestimmtes und erfülltes Leben sein."

Hans hatte sich von seiner eigenen Rede mitreißen lassen. Er sprach voller Eifer und einer Energie, die auf mich als Zuhörer übersprang. Doch nun schien er ruhiger zu werden als er sagte: „Ich rede viel zuviel! Dabei wollte ich dir nur sagen, dass du, solange du hier bist, den Dingen ihren Lauf lassen solltest. Schäme dich nicht und sei nicht befangen vor den anderen Menschen, die du noch nicht kennst. Du hast nichts zu verlieren. Niemand, den du heute hier treffen wirst, wird ein Urteil über dich fällen."

Wir unterhielten uns noch immer, als ein weiterer Gast ankam. Er hieß Werner, ein groß gewachsener, streng und würdig wirkender Mann, in dessen schwarzen Haaren schon so manche graue Strähne sichtbar war. Er begrüßte jeden mit seiner tiefen wohlklingenden Stimme, hielt sich bei uns allerdings nicht lange auf, sondern ging gleich in den Garten, um im Teehaus alles für die geplante Zeremonie vorzubereiten.

14

Wenig später tauchten zwei große Regenschirme auf, unter denen sich drei weitere Gäste vor dem Regen schützten. Unter dem einen Regenschirm gingen zwei Frauen, die sich mir als Lisa und Nadine vorstellten. Unter dem zweiten Schirm kam ein Mann zum Vorschein, der Christian hieß. Hans bat sie, sich noch eine Weile zu uns zu setzen.

Lisa war eine Augenweide! Aus einem ebenmäßig geformten Gesicht blickten ausdrucksstarke grünblaue Augen. Ihre dunkelblonden Haare trug sie als Bob, unter dem von Zeit zu Zeit tropfenförmige Amethyst- Ohrringe sichtbar wurden. Mir schien, dass ihr Gesicht, ja ihre ganze Gestalt von jugendlicher Schönheit und Frische strahlte. Sie studierte an der Universität der Stadt Kunst.

Nadine, eine resolute Frau Anfang Dreißig, erzählte mir, dass sie eine kleine Firma für asiatische Kunst- und Gebrauchsgegenstände betrieb. Von ihr war die Idee für das Teehaus gekommen. Sie hatte Hans überredet, es in einem Winkel seines Gartens bauen zu dürfen. Nun kam sie regelmäßig zu den Teegesellschaften, um ihre Freunde zu treffen, Neues zu erfahren und eine Schale guten Tee zu trinken.

Obwohl die beiden Frauen es nicht offen zeigten, hatte ich das Gefühl, dass die Beziehung, die sie zueinander hatten, über das gewöhnliche Maß an Freundschaft hinausging. Ich glaubte, es an ihren Blicken sehen zu können, die sie sich das eine oder andere Mal zuwarfen, an dem starken Zusammengehörigkeitsgefühl und der Vertrautheit, die sie ausstrahlten.

Christian, ein dünner, etwas schlaksig wirkender Mann mit magerem, dennoch freundlichem Gesicht, spielte Klarinette und Trompete in einem Jazz- Ensemble. Er war nur gekommen, um an der Teezeremonie teilzunehmen und wollte nicht viel länger bleiben, weil er am heutigen Abend noch auf einem Konzert spielen musste.

15

Nach etwa einer Viertelstunde gingen wir alle in den Garten. Auf dem kleinen Vorplatz des Teehauses empfing uns Werner, der schon auf uns zu warten schien. Er trug jetzt einen langen schwarzen Kimono und wirkte damit fast wie ein alter Samurai oder Mönch, der sich aus einer längst vergangenen Zeit zu uns herüber gerettet hatte.

Wir wurden von ihm in den kleinen Teeraum gebeten, in dem eine klare, fast strenge Atmosphäre herrschte. Werner hatte für jeden ein kleines Trinkschälchen bereitgestellt, in das er aus einer Flasche etwas von einer hellgelben Flüssigkeit goss, die süß und fruchtig duftete. Ich nahm einen Schluck. Sie fühlte sich im Mund an wie reines Wasser. Ganz weich, aber mit leichten blumigen und fruchtigen Aromen. Es war Reiswein, der einen neuen und eigenwilligen Geschmack auf meiner Zunge hinterließ. Jedes Schlückchen dieses Getränkes wirkte erhebend, betörte die Sinne und ließ mich für kurze Zeit die Leichtigkeit des Lebens spüren.

Werner hatte sich etwas abseits an einer Feuerstelle niedergelassen, auf der schon ein großer gusseiserner Kessel mit Wasser stand. Nun legte er ein Stückchen Sandelholz auf die glühenden Kohlen. Augenblicklich erfüllte ein lieblicher Wohlgeruch die Luft und vertrieb alle Gedanken an eine Welt, die außerhalb dieses Raumes liegen konnte.

Da ich noch nie an einer Teezeremonie teilgenommen hatte, erklärte mir Werner, mit wenigen Worten worum es dabei ging. Er erzählte mir, dass der Tee, wie man ihn heute zubereitet, also das Aufbrühen der getrockneten Blätter, eine späte Weiterentwicklung der Teekultur war, die zuerst in der Ming-

Dynastie (14. - 17. Jahrhundert) in China eingeführt wurde. Davor gab es noch zwei andere Entwicklungsstufen des Teegenusses. Ursprünglich verwendete man die Blätter der Teepflanze nur als Heilmittel in der chinesischen Medizin. Später trocknete man die zerstoßenen Blätter und presste sie zu Ziegeln. Daraus wurde unter Zugabe von verschiedenen Gewürzen und Reis eine Art Brühe gekocht, die man als Tee trank.

Erst in der mittleren Entwicklungsphase entstand der Brauch, die gedämpften und getrockneten Teeblätter staubfein zu malen und mit heißem Wasser zu einem Tee aufzuschlagen. Diese traditionellere Art der Teezubereitung ist heute nur noch in der japanischen Teezeremonie erhalten geblieben, die sich in mehrere Schulen aufteilt, aber allgemein als „Chadō" oder „Der Teeweg" bezeichnet wird.

In der Zwischenzeit kochte das Wasser leise im Kessel. Werner stellte eine große schwarze Teeschale bereit. Ich spürte, mit welcher Geschicklichkeit und Hingabe der Künstler gearbeitet hatte, um diese so schlicht wirkende Schale zu erschaffen. Ich hatte den Eindruck, dass diese Dualität gewünscht sei, denn ihr begegnete man überall. Alles im Teeraum wirkte sehr einfach und klar, war aber in seiner Art formvollendet und mit höchstem künstlerischem Geschick gefertigt. Selbst das kleine Teehaus spiegelte dieses Prinzip in sich wider. Die Wände und Balken bestanden aus sorgfältig verarbeiteten Materialien. Der Hauptpfosten, der den Raum teilte, bot als krummer, nicht entrindeter Stamm einen auffallenden Kontrast dazu.

Mit einfachen, wunderbar abgestimmten Bewegungen, die ein Gefühl von Souveränität und Konzentration vermittelten, bereitete Werner aus dem Teepulver einen Tee, den er mit einem Bambusschläger, dem „Chasen", zu einem schaumigen Getränk aufschlug.

Jede Handlung und jedes Teegerät hatten hier ihren festen Platz. Es war ein kompletter kleiner Kosmos, in den ich als Betrachter eintauchen und zu einem unverzichtbaren Teil eines Ganzen werden konnte. Im Teehaus gab es keine Unterschiede zwischen den Gästen. Alles war darauf abgestimmt, einen Ort zu erschaffen, an dem sich ein ästhetisches Gefühl für Harmonie und Schönheit entfalten konnte. Ein Ort des Einfachen und Schlichten, an dem die Schranken zwischen den Menschen verschwanden. Jeder war gleich willkommen, wurde mit der gleichen Achtung behandelt. Egal ob er arm oder reich, guter Freund oder Unbekannter war.

Als mir die Schale mit dem Tee überreicht wurde, staunte ich, wie unerwartet leicht sie für ihre Größe war. Der Tee erinnerte mich in seiner Konsistenz an heiße Schokolade, und schmeckte viel intensiver und bitterer als ich erwartet hatte. Er zauberte ein Lächeln auf mein Gesicht, als ich ihn wie vorgeschrieben mit drei Schlückchen austrank.

16

Das Schöne an der Teezeremonie war, dass ich Zeit hatte, mir die Menschen, die hier zusammen gekommen waren, genau anzusehen, ihren Gesprächen zu lauschen und in diesem Rahmen auch über mich selbst etwas sagen zu können. Ich stellte mir die Frage, ob diesen so unterschiedlichen Menschen etwas gemeinsam war, ob sie genau wie ich durch eine innere Unrast, ein Zweifeln und Suchen zu Hans gefunden hatten? Waren auch sie – genau wie ich jetzt – einst mit ihrem Leben unzufrieden gewesen, hatten sie an Idealen und Vorstellungen gehangen und die Schlechtigkeit der Welt beschworen?

Was auch immer sie hierher geführt haben mochte, heute sah ich in den Gesichtern und im Verhalten dieser Menschen, die mir gegenüber saßen, nichts von all der Bitterkeit, Enttäuschung und Hilflosigkeit, die ich in mir fühlte. Dahingegen waren sie freundlich, einfühlsam und durchdrungen von etwas seltsam Geheimnisvollem. Ich wusste noch nicht, was es war, aber es wirkte auf mich faszinierend und befremdlich zugleich.

Nachdem jeder zwei Schalen Tee getrunken hatte, reinigte Werner die benutzten Teegeräte und mit wenigen Handgriffen brachte er das Innere des Teehauses in Ordnung. Dann gingen wir hinaus auf den kleinen Vorplatz, um einen Blick auf den regennassen Garten zu werfen. Die Steine glänzten und vom Dach tropfte Wasser in kleine Pfützen. Es roch nach grünem Laub und feuchter Erde. Einzelne große Tropfen fielen vom Himmel, als wir die wenigen Meter zurück zum Haus gingen.

17

Dort angekommen, setzten wir uns an den großen runden Tisch in dem Raum mit den Tatamimatten. Ich bemerkte, dass Anne sich einen Stuhl neben mir ausgesucht hatte. Sie beobachtete mich eine ganze Zeit lang sehr aufmerksam. Als sich unsere Augen begegneten, sagte sie: „Weißt du, es ist mir rätselhaft, dass so viele Menschen in ihrem Leben nach einem Ziel suchen. Sie schaffen sich irgendeinen Punkt, an den sie mit allen Mitteln zu gelangen suchen. Ich war vor vielen Jahren genauso und wäre fast an meinen Zielen zerbrochen. Heute spielt es für mich keine große Rolle mehr, ob ich meine Ziele erreiche oder nicht. In dem Moment, wo ich etwas mit ganzem Herzen ausführe oder erlebe, fühle ich mich glücklich, nicht erst in der Zukunft, sondern jetzt in diesem Augenblick.

Wenn du möchtest, gibt es heute eine Möglichkeit für dich, etwas sehr Interessantes zu erleben. Über das, was du als Wirklichkeit kennst, und mit etwas Glück auch über dich selbst." Auf meine Frage hin, wie ich das erfahren sollte, schwieg sie und gab mir nur ein stilles Lächeln als Antwort.

Wir sprachen noch eine ganze Zeit miteinander und sie erzählte mir viel aus ihrem Leben. Anne kam aus einer recht wohlhabenden Familie. Ihre Eltern hatten sich gewünscht, dass sie Jura oder Medizin studierte. Jedoch sie entschied sich für eine einfache Lehre auf einem Pferdehof – aus Liebe zu den Tieren. Mit Leib und Seele war sie bei der Arbeit, bis sie eines Tages in einen schweren Unfall mit einem durchgehenden Pferd geriet. Erst nach vielen Jahren und unzähligen Operationen konnte sie wieder einigermaßen laufen.

Dennoch war es für sie unmöglich geworden, die körperlich anstrengende Arbeit auf dem Pferdehof wieder zu bewältigen.

Sie sah keinen Sinn mehr im Leben und blieb für Tage und Wochen einfach im Bett liegen. Die Ärzte diagnostizierten Depressionen und verschrieben Tabletten, die sie täglich einnahm. Als es ihr besser ging, suchte sie sich einen neuen Job. Aber die Freude in ihrem Leben war nicht wiedergekehrt. Bis zu dem Tag, als sie eine Reise in die nahe Stadt führte. Dort traf sie an einer Bushaltestelle Hans, mit dem sie schnell ins Gespräch kam. Sie verliebte sich in ihn, kündigte die Arbeitsstelle, die ihr ohnehin nicht gefiel, und zog zu ihm. Jetzt arbeitet sie drei Tage die Woche in einem kleinen Lebensmittelgeschäft für Bioprodukte. Die restliche Zeit lebt sie mit Hans zusammen in seinem herrlichen Garten.

Mit der Zeit entdeckte sie, dass in ihr ein Talent für die Malerei schlummerte. Nach einigen Kursen an der Volkshochschule richtete sie sich in einem kleinen hellen Raum des Hauses ein Atelier ein. Sie konnte von ihren Bildern noch nicht leben, aber sie finanzierten sich immerhin schon selbst.

18

Zum Abendbrot waren außer mir keine anderen Gäste mehr anwesend. Christian war gleich nach der Teezeremonie gegangen, Lisa und Nadine gingen mit Werner eine Stunde vor dem Essen, was ich sehr bedauerte, da ich gern noch die eine oder andere Stunde in Lisas Nähe verbracht hätte.

Nach dem Essen brachte Hans dicke Decken als Unterlage für meinen Schlafsack. Das Nachtlager bereitete ich mir auf den Tatamimatten vor. Als das erledigt war, kamen wir erneut am Tisch zusammen. Anne holte von der Veranda ein kleines eisernes Räuchergefäß. Aus einer kostbar aussehenden Dose, die im Bücherregal stand, nahm sie einen winzigen Splitter Aloeholz (wird auch Agarwood oder Jinkoh genannt und ist ein seltener Duftstoff, der vor allem in Japan und im Nahen Osten begehrt ist), den sie auf die Kohle legte. Ein intensiver, süßlich anmutender Duft breitete sich aus. Er rief in mir Assoziationen an einen Sommertag im Nadelwald hervor – holzig, warm, harzig und leicht nach Pilzen duftend.

Eine wunderbare Ruhe schien sich im Raum und in mir auszubreiten. Gefühle stiegen wie Bilder in mein Bewusstsein. Ich fühlte mich an den Strand des Meeres versetzt. Tiefe, nachtschwarze Dunkelheit war um mich herum. Ein starker Regen stürzte aus den Wolken herab. Und plötzlich ein Schimmer am Horizont, ein blasser Widerschein, immer heller werdend! Dann sah ich die ersten Strahlen der Sonne über dem Meer aufsteigen und schneller, immer schneller, wurde die Dunkelheit verdrängt. Einen Augenblick später war alles erfüllt mit hellem, warmem Licht. Es waren Hoffnung und Zuversicht, die mich durchströmten.

Hans kam ins Zimmer und brachte eine rote Schale voller Blätter mit, die er in die Mitte des Tisches stellte. Ich sah erstaunt auf ihren Inhalt. Dann blickte ich ihn fragend an, woraufhin er sagte: „Das ist ein Hilfsmittel. Das Einzige, das ich dir anbieten kann. Es sind die Blätter einer Pflanze, die ich auf einer Reise kennen gelernt habe. Sie sind sehr heilsam."

Ich bekam es mit der Angst zu tun. An was für Leute war ich hier geraten? Sollte ich jetzt Drogen nehmen? Aber was konnte mir in meiner Verzweiflung noch passieren? Diese Menschen hier waren auf ihrem Weg zu sich selbst schon viel weiter gegangen. Das spürte ich in jedem Augenblick. Wenn es eine Möglichkeit gab, durch die Einnahme dieser Blätter etwas über mich zu erfahren, was mir bis jetzt verborgen geblieben war, konnte ich es vielleicht riskieren. Oder war es am Ende gar nicht das, was ich suchte?

Anne erriet scheinbar meine Gedanken und sagte: „Du brauchst keine Angst zu haben. Es ist nicht gefährlich." Immer noch zweifelnd fragte ich: „Was wird mir passieren, wenn ich sie nehme?" „Das kann ich dir so genau nicht sagen", meinte sie, „niemand kann das! Vielleicht wirst du eine kurze Zeit befreit sein von deinem Ich und dich von einem anderen Standpunkt aus betrachten können, der dir sonst nicht zugänglich wäre. Vielleicht wird es dir nur wie eine kurze Verschnaufpause von der Welt vorkommen, du kannst aber auch unendlich viel mehr erfahren. Ein großer Teil liegt bei dir, wie weit du loslassen kannst und bereit bist zu gehen. Die Wirkung ist nur kurz, sie kann dich allerdings ein ganzes Stück auf deinem Weg weiter tragen, wenn du es ausprobierst."

Auch Hans war davon überzeugt, dass es mir von Nutzen sein könnte, die Blätter zu probieren. Schließlich willigte ich ein, verlieren konnte ich nichts. Im Gegenteil, die Menschen, die ich heute kennen lernen durfte, waren freier, glücklicher und zufriedener als alle, die ich bisher getroffen hatte.

Ich steckte die mir gereichten Blätter in den Mund. Hans schaltete beruhigende Musik an und der Duft des Räucherwerks lag noch immer schwer in der Luft.

19

Einige Zeit nachdem ich die Blätter genommen hatte, veränderten sich meine Gedanken. Eine übermächtige Kraft schien mich fortzuziehen, fort aus diesem Raum, fort von Anne und Hans und von meinem Körper. Alles lebte und atmete auf eine fremdartige Weise mit der langsamen, getragenen Melodie der Musik. Immer mehr verloren die Dinge, über die ich mir den Kopf zerbrach, ihre Wichtigkeit. Was waren Geld, Zeit und all die Probleme das Lebens? Nichts weiter als bloße Ideen und Begriffe, Teile einer Welt, die für mich keinerlei Bedeutung mehr besaß!

Von allem zog es mich fort. Alles verging und löste sich auf. Zuletzt stand ich an einem Punkt, an dem ich das aufgeben musste, was ich unter meiner Persönlichkeit verstand. Mir brach der Schweiß aus allen Poren. Angst überfiel mich. Ich wollte laut schreien und dachte ein letztes Mal, dass ich diesen Weg nicht weiter gehen könnte. Dann durchbrach ich auch diese Schranke, diese selbst geschaffene Barriere, die mich immer von der Welt trennte.

Da lag dieser Körper, von dem ich mein ganzes Leben lang geglaubt hatte, dass er mir gehört und durch mein Denken beherrscht wird. Mein Bewusstsein löste sich von ihm und schwebte eine handbreit über meinem Kopf als Teil eines unendlich großen Raumes.

Wie in einem Traum zogen endlose, mit Gras bewachsene Ebenen dahin. Unter strahlend blauem Himmel tauchten sanfte grüne Hügel auf, die immer größer wurden und weite Täler flankierten. Bedeutungsvoll türmten sich Berge empor, Schneefelder schimmerten glänzend im hellen Sonnenlicht. Die Landschaften schienen durchdrungen von einer lebendigen starken Kraft, wie ich sie noch nie zuvor gespürt hatte. Sie waren voll unbeschreiblicher Schönheit, durchtränkt von strahlendem Licht und erfüllt von leuchtend klaren Farben.

Dann änderte sich die Szenerie: Ich flog inmitten eines dichten Waldes durch Baumkronen, an vielen großen und kleinen Ästen vorbei. Es dauerte eine Weile, bis ich merkte, dass ich ein kleiner Vogel war, der mit anderen bereits sein ganzes Leben in diesen Baumkronen verbracht hatte. Überall war

Leben, im Großen und im Kleinen. Ich war ein Teil davon. Aber auch dieses Vogelleben blühte auf, bevor es verging.

Ich fand mich erneut an einem anderen Ort wieder. Von einer grünen Anhöhe blickte ich auf dem Beginn einer Schlacht. Die bunten Uniformen der Soldaten leuchteten im Licht der Mittagssonne. Im nächsten Moment begann, wie bei einer fein gearbeiteten Uhr deren Zahnräder ineinandergreifen, die Maschinerie des Blutvergießens und Mordens anzulaufen. Das Land unter mir verschwand schnell im trüben Pulvernebel. Die Schlacht wurde geschlagen – ihr Ende blieb offen.

Plötzlich verschwand das Schlachtfeld und wie aus dem Nichts tauchte das Innere eines asiatischen Tempels auf, der mir so vertraut vorkam, als hätte ich schon viele Jahre an diesem Ort gelebt. Alles dort strahlte eine sanfte Heiterkeit und stillen Frieden aus. Niemand außer mir schien in der Nähe zu sein. Ich betrat einen offenen Raum. Reisstrohmatten lagen auf dem Boden. In einer Nische brannte ein Räucherstäbchen neben einem kunstvollen Blumenarrangement.

Ehe ich mich in dem Tempelraum weiter umsehen konnte, löste sich auch dieses Vision auf. Alles um mich herum war abermals erfüllt von einer unendlich weiten Dunkelheit. Dann bewegte sich mein Bewusstsein (obwohl es dieser Begriff nicht ganz trifft) von dem Punkt über meinem Kopf fort und stieg nach oben in den weiten Raum, beschrieb dort einen Bogen und kehrte von seiner Reise in meinen Bauch zurück. Voller Glückseligkeit empfand ich ein starkes Gefühl der Verbundenheit, ich war eins mit meinem Körper, eins mit meinem Geist. Mein Körper trennte mich nicht von der Welt. Durch ihn war ich in jedem Moment mit ihr verbunden. Ich lebte das Leben der Welt.

20

Was um mich herum geschah, spielte in diesen Momenten keine Rolle. Ich wusste, dass Anne und Hans bei mir waren und spürte auf eine beruhigende Art und Weise ihre Anwesenheit. Allerdings störten sie mich nicht, sondern waren Teil einer anderen Wirklichkeit, der ich jetzt nicht mehr angehörte. Auch der bittere Geschmack der Blätter, den ich am Anfang als sehr störend empfunden hatte und der nicht aus meinem Mund zu verschwinden schien, spielte keine Rolle mehr. Ich hatte jegliches Zeitgefühl verloren. Ob dies alles Minuten oder Stunden dauerte war für mich völlig unwichtig geworden.

Jetzt lag ich völlig entspannt da und war so ruhig wie noch nie in meinem Leben. Unwillkürlich folgte ich gleichmäßig meinem Atem, der jetzt selbst zu etwas Bedeutsamen wurde, zu etwas Eigenständigem und Wunderbarem. Erst war nur die Gesamtheit des Ein- und Ausatmens wichtig. Doch dann bemerkte ich, dass Ein- und Ausatmen mehr waren, dass eine urtümliche Lebendigkeit darin verborgen lag. Meine Wahrnehmung dieses Sinneseindruckes wurde immer stärker, bis schließlich jedes Einatmen eine Geburt und jedes Ausatmen einen Tod bedeutete. Jeder Atemzug war ein eigenständiges Werden und Vergehen, voll von ungeahnter Bedeutsamkeit.

Mir wurde schlagartig klar, wer ich wirklich war. Ich bestand nicht nur aus dem, was ich bis jetzt als mein „Ich" in Anspruch genommen hatte, sondern aus etwas Universellem, das überall – in jedem Menschen, jedem Tier, jedem Grashalm, jedem Baum und im ganzen Universum existierte. Für mich entstand eine neue Welt, die dennoch die Alte war. Nur konnte ich sie auf eine völlig neue Weise sehen. Das einzige, was sich verändert hatte, war der Blickwinkel, von dem aus ich die Welt betrachtete. Dieses „Alles", aus dem die Welt besteht, diese riesige Vielzahl der Einzelerscheinungen und

Einzelwesen, war nicht mehr zusammenhangslos. Es stand in ihr Nichts im Gegensatz zu etwas Anderem.

Alles war eins, eins in seiner Verschiedenheit. Es gab keinen Glauben, keine Religion, keine Lehre, der ich mich unterwerfen musste, um das zu erkennen. Es bedurfte keiner Bücher, Gedanken oder Worte, um zu begreifen, dass die Welt wirklich gut war und um zu verstehen, dass ich selbst, mein Körper und mein Geist gut waren. Alles schien ganz von selbst so zu sein. Es war schon mein ganzes Leben lang so gewesen. Nie zuvor hatte ich dies so klar empfunden, nie war ich so glücklich, dankbar und voller Frieden gewesen wie in diesem Augenblick.

21

Noch einmal zog es mich, die Grenzen des Raumes überschreitend davon. Es ging immer weiter und weiter hinaus, bis ich die Erde vor mir sah, eine leuchtend blaue Kugel voller magischer Schönheit, die sich langsam in einem unendlichen Dunkel drehte. Ich sah all' das Leben auf diesem Planeten, sah die vielen verschiedenen Lebenswege der Menschen. Gleichzeitig war es auch die Erde selbst, die ich sah: Die Erde die doch völlig unberührt von dem Streben, der Hast, dem Leiden und dem Sterben der Lebewesen blieb.

Auf einmal bewegte ich mich von der Erde fort. Nur langsam wurde mir bewusst, dass es mich immer weiter und weiter in das Dunkel des Univerums zog. Aber dieses Dunkel war keine endlose Dunkelheit, kein ewiges Nichts, sondern eine große Weite, erfüllt vom Funkeln unendlich vieler Sterne. Hier war kein Stillstand, sondern ständige Bewegung. Wie im Zeitraffer sah ich in den Galaxien ein Werden und Vergehen. Selbst diese großen Sternengebilde waren schließlich nichts weiter als ein Kreislauf. Sie entstanden, breiteten sich aus, fielen wieder in sich zusammen und entstanden anders neu.

Ich erkannte, dass dieses unendlich große Universum voller Wunder und Möglichkeiten ein Teil meines Lebens war. Ich gehörte ebenso zu den Menschen wie zu den Sternen. Mein Leben bestand ständig aus unzähligen Wechselbeziehungen mit allen Dingen und Wesen. Ich brauchte nur darauf einzugehen, es wahrzunehmen, und die Welt war so neu und schön, dass mein ganzes Leben allein dadurch einen Sinn bekommen hatte.

22

Als ich am Morgen aufwachte, schien die Sonne durch die Baumkronen. Der Himmel war strahlend blau und vom Regen rein gewaschen. Schon lange hatte ich nicht mehr so erholsam geschlafen, ohne Sorgen und vollkommen befreit. Alles um mich herum war anders, war neu und bedeutungsvoll. Woher kam diese wundersame Veränderung? Hatte sich die Welt wirklich so grundlegend ändern können? War die Welt nicht schon immer so gewesen? Hatte ich sie nur niemals zuvor auf diese Weise betrachtet?

Noch nie in meinem Leben hatte ich diese Einheit in mir selbst gefühlt, war völlig im Einklang, nur im Hier und Jetzt des Augenblicks gewesen. Immer hatte ich meine Gedanken in die Zukunft schweifen lassen, Pläne geschmiedet, von Zielen und Wünschen geträumt. Dies alles gab es jetzt nicht mehr. Ich lag hier und das war vollkommen genug. Ich brauchte nichts weiter zu wissen, nichts weiter zu haben, nichts war zu erreichen, solange ich in dem, was ich tat, aufging. Alles Suchen und Streben gab es in diesem Moment nicht mehr. All das, wonach ich gesucht hatte, war schon immer da gewesen: direkt vor meinen Augen, in meinem Inneren, in meinem Denken, Handeln und Erleben. Das Verrückte dabei war, dass dies auch das „Nicht- Denken", „Nicht- Handeln" und „Nicht- Erleben" mit einschloss.

Nun verstand ich Anne und Hans, die mir gesagt hatten, dass es ihnen unmöglich sei, diese Erfahrungen einem anderen Menschen vermitteln zu können. Auch mir würde es wohl nie möglich sein. In meinem Inneren bewirkte dieses Erlebnis jedoch höchstes Verständnis und gab Antworten auf all die Fragen und Zweifel meines Lebens.

23

In nächsten Moment erkannte ich Folgendes: Alle Dinge die ich mir je gewünscht oder erträumt hatte, existieren bereits in dieser Welt. Ich musste die Dinge nicht mehr besitzen oder anhäufen. Mir genügte jetzt ihr Vorhandensein, ganz gleich wem sie gehörten. Denn nichts konnte ich wirklich haben, nichts besitzen. Wozu auch? Im nächsten Augenblick konnte ich die Dinge verlieren oder ich empfand keine Freude mehr an ihnen. Sollte ich deswegen leiden? Was waren wohl die Gründe, die dazu geführt haben, dass ich von so vielen Dingen nie genug bekommen konnte? War die Quelle meiner Gier nicht die Vergänglichkeit, die Wandelbarkeit aller Dinge? Verspürte ich nicht wie alle Menschen ständig den Wunsch, etwas zu besitzen und es festzuhalten, um mich der Illusion hinzugeben, weit mehr zu sein? War der Urgrund meiner Leiden nicht nur Furcht und Verlustangst gewesen? Jetzt sah ich die Antwort deutlich vor Augen. Das Leben war begrifflos. Es gab keine erklärende Theorie und keinen richtigen oder falschen Weg. Es gab nur den einen Weg, den ich auch wirklich ging. Versuchte ich nicht mit meiner Gier nach Dingen und Antworten, mit meinem Hass auf die Welt und mich selbst, die Angst zu verdrängen, sie zu vergessen? Steckte ich nicht lieber den Kopf in den Sand, als kräftig auszuschreiten und meinen Weg zu gehen? Wie viele Jahre meines Lebens hatte ich vor der offenen Tür gestanden, ohne den befreienden Schritt hinaus zu wagen!

Ich dachte an mein Leben, das ich bis gestern Abend geführt hatte. Ich erinnerte mich an all die Jahre, in denen ich die Vergangenheit für etwas Greifbares und Beständiges gehalten hatte, für etwas, das immer mehr wurde und mich verfolgte. Wie schwer fühlte ich sie an vielen Tagen und Nächten auf meinen Schultern lasten. Nun gab es für mich keine solche Vergangenheit mehr. In Wirklichkeit veränderte sie sich in der Art und Weise, wie ich sie betrachtete. Jetzt war ich dankbar für mein Leben. Dankbar für meine Vergangenheit, für all das, was ich hatte erleben durfte.

Jede Stunde, jede Minute und sogar jede Sekunde konnte mein Leben eine neue Richtung nehmen. Ich war bereit dazu: egal, wohin es mich führen würde. Mir kamen Worte in den Sinn, die ich leise wiederholte. „Alles fließt! Ich bin die Quelle, der Bach, der Strom und das Meer!" Je öfter ich sie sprach, desto mehr wurden sie zum Gleichnis für das Geheimnis allen Lebens – zum Gleichnis für den Weg, den wir alle gehen.

24

Ich hörte, wie jemand den Raum betrat. Leise raschelte der Stoff eines Kleides. Die Verandatür wurde geöffnet und kühle Waldluft durchflutete das Zimmer. Anne kam zu mir herüber und berührte sanft meine Schulter, um mich zu wecken. Ich lächelte sie an. Sie wünschte mir einen guten Morgen und fragte, wie es mir ginge. Als ich ihr sagte, dass ich schon lange nicht mehr so gut geschlafen habe, lachte sie ebenfalls. Auch Hans kam ins Zimmer und wünschte mir einen guten Morgen. Er sagte: „Das Frühstück ist gleich fertig. Wenn du dich nicht beeilst, bleibt für dich nichts mehr übrig." Dabei lachte er und es klang nicht so, als würde er es ernst meinen.

Als ich in die Küche kam, war alles für das Frühstück vorbereitet. Es gab gekochte Eier, selbstgebackenes Brot, Butter, Honig und Marmelade. Noch hatte mich keiner von den Beiden nach meinen Erlebnissen des vergangenen Abends gefragt. Doch mussten sie die Veränderung in mir bemerkt haben. Ich war noch immer von dem Gefühl durchdrungen, auf alle Fragen meines Lebens Antworten gefunden zu haben – Antworten, die vielleicht nur ich selbst verstehen konnte, was mir allerdings vollkommen genügte.

Nach dem Frühstück ging Hans mit mir noch einmal in den Garten und zum Teehaus hinüber, das jetzt im hellen Licht der Morgensonne erstrahlte. Er fragte mich: „Was hast du gestern Abend erlebt?"

Ich schwieg eine Weile. Dann erzählte ich ihm von meiner Unfähigkeit, das in Worte zu fassen. Ich konnte zum ersten Mal in meinem Leben nicht beschreiben, wie sich mein Blick auf die Welt, die Lebewesen und die Menschen in ihr verändert hatte.

Schließlich sagte ich ihm: „Mir ist, als müsste ich lachen und gleichzeitig weinen. Ich sehe die Sinnlosigkeit so vieler Dinge in der Welt und in mir selbst. Ich sehe, wie sie sich zu einem Sinn verdichten, einem Sinn, den man nicht mit Worten Ausdruck verleihen kann, der nicht dogmatisiert, nicht festgelegt oder erlernt werden kann – einem Sinn, der gleich einem Fluss ständig weiter fließt, sich ständig verändert und wandelt."

Während ich sprach und das Licht der Morgensonne in Tausend kleinen Lichtstrahlen durch die Wipfel der Bäume fiel, kamen mir wie am Abend zuvor unzählige Erkenntnisse.

Waren Leben und Tod nicht nur zwei Seiten ein und derselben Sache? Stellte der Tod für mich nicht nur einen Spiegel dar, in dem ich die Vergänglichkeit alles Irdischen erkennen kann? War es nicht dieser scheinbare Dualismus von Leben und Tod, der mich erst lebendig werden ließ, ja, der dafür sorgte, dass dieses Leben so schön, so voller Freude und Liebe sein konnte? Ich brauchte keine Angst vor dem Tod zu haben. Lebte ich nicht in allem? In den grünen Blättern, in den Stämmen der Bäume oder im Moos auf dem Stein dort drüben? Lebte ein Teil von mir nicht auch in Hans und in jedem anderen Menschen auf der Welt?

Ich war ein Kind des Universums und bestand wie alles um mich herum aus Atomen, die irgendwann einmal in riesigen sterbenden Sonnen entstanden sind. Diese Teilchen, aus denen die ganze Welt und jeder Einzelne von uns bestand, gingen nicht verloren. Sie existierten immer weiter, um sich stets von Neuem zu wandeln. Wie in den Galaxien meiner gestrigen Visionen gab es auch hier keinen Stillstand, sondern nur einen ewigen Kreislauf.

25

Wenn ich diesen Garten betrachtete, diese tausend verschiedenen Variationen von Grüntönen, die riesige Vielfalt von Formen und Strukturen – wenn ich das alles völlig offen in mich eindringen ließ, dann war dies von unfassbarer Schönheit und von Bedeutsamkeit erfüllt. Ein Paradies, das ich mein ganzes Leben lang direkt vor meinen Augen gehabt und doch nie wahrgenommen habe. Mein Verstand hatte den Dingen Namen gegeben, sie eingeordnet und klassifiziert, anstatt sie so zu sehen wie sie waren und das Wunder des Lebens in ihnen zu erkennen.

Gab es diesen Thomas Kruschwitz überhaupt? War das nicht auch nur ein Name? Befand sich irgendwo in meinem Körper wirklich diese Person? Ich fühlte mich, als wäre das alles nur ein Traum gewesen – eine Illusion, aus der ich jetzt erwachte. Nirgends fand ich die Eigenschaften und Namen, die ich mir in all' den Jahren beigegeben hatte. Immer hatte ich versucht, mich mit meinem Körper, meinen Gedanken, meiner Ethik und meiner Moral zu identifizieren. Nun war das nicht mehr wichtig. Ich wollte und brauchte nichts mehr von alldem und war doch alles.

Konnte dies ein Geheimnis der Freiheit sein? Sich nicht fest zulegen oder bestimmen zu wollen? Sich nicht durch die Umwelt oder das eigene Denken beschränken zu lassen, sondern im Ganzen, in der Einheit von Welt, Körper und Geist zu leben? Erwuchs hieraus nicht ein Gefühl der Verbundenheit und Zufriedenheit? Erschuf ich mir nicht selbst die Welt, in der ich lebte? War es nicht meine eigene Welt?

Nur ich spürte die Freude, das Glück, den Schmerz und das Leid meines Lebens. Mit niemandem konnte ich meine Gefühle und Erfahrungen wirklich teilen. Allerdings durfte ich die Grenzen zwischen der Welt und mir nicht zu eng ziehen. Denn den meisten Menschen ging es genauso; alle waren sie ebenso wie ich ein Teil der Welt, Teil der verschiedenen Ebenen des Lebens. Auch wenn manche von ihnen ihren Weg nicht zu Ende gingen und aufgaben, bevor sie Antworten fanden. Ich fühlte in meinem Herzen mit ihnen, spürte Mitleid und dies bewirkte, dass ich meine Angst und Scheu vor ihnen verlor. Waren nicht all' die Menschen, denen ich in meinem Leben begegnet war, meine Brüder und Schwestern, auch wenn sie mir oft das Leben schwer gemacht hatten? Ich brauchte sie nicht zu beneiden oder zu hassen. Auch sie hatten Träume, Wünsche und Ziele, für deren Verwirklichung sie sich abmühten. Jeder von ihnen war einzigartig und genau so, wie er sein sollte.

26

Schweigend hatte Hans meinem Bericht gelauscht, den Kopf der Morgensonne zugewandt. Nach einer kurzen Pause meinte er: „Du hast viel erfahren und manches mehr, als ich dir gestern Nachmittag versprach. Nimm dieses als eine Möglichkeit, dein Leben auf eine neue Weise zu betrachten. Lebe es um seiner selbst willen. Zerstöre das Erlebte nicht, indem du darüber nachgrübelst. Sieh keine all zu großen Botschaften oder Lebensregeln in ihnen und mache keinen Götzen daraus. Hänge nicht daran, lass es vergehen und mit der Zeit verblassen! Versuche, jeden Augenblick neu zu erleben. Sei offen für jede Erfahrung – offen für die Gegenwart."

Als ich am Nachmittag wieder in meine Wohnung kam, wirkten die neuen Erfahrungen immer noch stark in mir nach. Der Weg zurück in die Stadt und noch stärker meine alte Wohnung, in der ich all die Jahre gelebt hatte: Ich erkannte dies alles kaum wieder. Alles war mir an einem Abend fremd geworden, als sei der Bewohner dieser Räume plötzlich verschwunden.

Ich zog mir einen Stuhl ans Fenster, setzte mich in die Sonne, und gedachte dieses Wochenendes. Ich fühlte eine Offenheit und Weite in mir, die ich nie zuvor gekannt hatte, spürte die Freiheit und Ungebundenheit eines Menschen, der sein altes Leben hinter sich gelassen hat, um nun bereit zu sein für ein Neues. Ich wusste, dass mich mein Weg noch zu vielen Orten und Erlebnissen führen würde, dass dies, so lange ich lebte, nicht enden und dass mich immer wieder neue Erfahrungen erwarten, anregen, herausfordern und bereichern würden.

Ich sah zum Tisch herüber, auf dem ein kleines Päckchen lag, das ich beim Abschied von Anne und Hans bekommen hatte.

Ich öffnete es. Als erstes fiel mir ein kleines längliches Schächtelchen in die Hände, das ein Bündel duftender Räucherstäbchen enthielt. Außerdem fand ich darin eine Packung Sencha- Tee.

27

Anderthalb Jahre später an einem schönen Herbstabend, der der krönende Abschluss eines goldenen Oktobertages gewesen war, saßen Anne, Laura, Hans und ich auf der Veranda in bequemen Korbsesseln. Das dichte Weinlaub schützte uns vor der heraufziehenden Nachtkälte. Dennoch hatten sich die beiden Frauen vorsorglich in warme Decken gewickelt. Die letzten Strahlen der Sonne waren hinter den Bäumen untergegangen und der klare Abendhimmel färbte sich in das tiefe Dunkelblau, das die Zeit zwischen Sonnenuntergang und Nacht so stimmungsvoll erscheinen lässt.

Laura und ich hatten die Gelegenheit genutzt, den heutigen Abend bei Anne und Hans zu verbringen. In der ruhigen gemütlichen Atmosphäre des Gartens fielen die ganze Hektik und der Umzugsstress in kurzer Zeit von uns ab. Wir waren erst vor ein paar Tagen zusammen gezogen. Unser neues

Zuhause lag auf der anderen Seite des Waldes und war von hier in einer Viertelstunde zu erreichen. Jetzt waren wir praktisch Nachbarn, auch wenn der Wald zwischen uns lag. Nach einem guten Abendessen saßen wir entspannt zusammen auf der Veranda, die jetzt von warmem Kerzenlicht erhellt wurde, das von fünf an der Decke befestigten Laternen herab fiel. In ihrem Lichtschein tauchten von Zeit zu Zeit Insekten und kleine Falter auf, um gleich darauf wieder in das Dunkel der Nacht zu entschwinden. Das Zirpen einiger verspäteter Grillen erfüllte die Stille des Abends und erweckte in mir die Erinnerung an viele vergangene Sommerabende, die ich in diesem schönen Garten verbringen durfte.

28

Unsere Gespräche waren gerade verstummt und jeder saß still in seine Gedanken versunken da. Nach all der Zeit war es für mich immer noch höchst erstaunlich und kaum begreifbar, was meine neuen Erfahrungen und Freundschaften bewirkt hatten. Manchmal kam es mir so vor, als ob der alte Thomas einfach gestorben wäre, und nur noch ferne Erinnerungen an mein früheres Leben in mir weiter lebten. Im Nachhinein erkannte ich immer mehr, wie reich an Erlebnissen und Erfahrungen dieses alte Leben gewesen war. Ich erinnerte mich an so viele wunderschöne Momente aus meiner Kindheit und Jugend. Wie war es nur möglich gewesen, dass ich in eine solche Verzweiflung stürzen konnte und die ganze Reichhaltigkeit und Fülle meines Lebens nicht mehr wahrgenommen habe? Schleichend, so schien mir, hatte ich mich immer weiter von der Welt zurückgezogen. Mehr und mehr den endlos kreisenden Gedanken Platz eingeräumt, mit Fragen gerungen und überall nach Antworten gesucht, anstatt selbst zu versuchen, eine Lösung zu finden. Niemand in der Schule, in der Lehre oder im Beruf hatte mir je gesagt, dass ich der Einzige war, der die Macht besaß, diesen Teufelskreis zu durchbrechen.

Was für ein Glück war es für mich gewesen, Hans zu begegnen. Ich erinnere mich noch genau an meinen ersten Besuch bei ihm. Oft war ich in den ersten Monaten in seinem Garten gewesen. Eigentlich jedes Wochenende und meist auch an ein oder zwei Abende in der Woche. Ich lernte Vieles von ihm, obwohl seine ganze Art zu sprechen und zu leben überhaupt nichts Belehrendes an sich hatte. Viel Zeit verbrachten wir auf der Veranda – in wundervolle Gespräche vertieft. Es war angenehm in seiner Gesellschaft, da er in vielen Situationen seine Person ganz zurücknahm und gerade dadurch sehr präsent und klar auftrat.

Unsere Gespräche handelten von vielen Themen: von Kochrezepten und Gartentipps bis hin zu mystischen Erfahrungen und philosophischen Diskussionen. Hans verfügte über ein erstaunlich breit gefächertes Wissen – fast wie die Universalgelehrten der früheren Jahrhunderte. Ob wir über die großen Denker des Abendlandes redeten oder über östlichen Weisheitslehren, er konnte über alles sachlich und aufschlussreich sprechen.

Eines Abends waren wir auf das Thema Kontemplation und Meditation zu sprechen gekommen. Da mich diese Methoden des Geistestrainings interessierten, brachte mir Hans an den folgenden Abenden das Meditieren bei. Am Anfang konnte ich kaum eine Viertelstunde auf dem Kissen sitzen. Doch spürte ich schon bei meinen ersten Versuchen die wunderbare Kraft, die diese Übung in mir wach rief.

29

Wenige Male sprach ich mit Hans über die Blätter und deren Wirkung, die für mich wie ein Weckruf gewesen waren. Wahrscheinlich würde ich heute immer noch in meiner dunklen Welt aus Fragen und Zweifeln gefangen sein, wenn ich diese Reise nicht gewagt hätte. Als ich dies Hans gegenüber erwähnte, sagte er mir Folgendes: „Haben dir die Blätter wirklich etwas gegeben, was vorher nicht schon da gewesen ist? Ist es nicht viel mehr so, dass sie dir einen Teil weggenommen haben? Ich bin mir ziemlich sicher, du hast dabei nichts gewonnen sondern etwas verloren! Denn siehe mein Lieber solange du glaubst, das dir etwas fehlt und du denkst irgendetwas finden zu müssen, solange du etwas verzweifelt willst, wird sich die unbegreifliche Schönheit der Welt niemals offenbaren. Es scheint mir ein Witz zu sein und ich bin versucht darüber zu lachen, wenn es für die Menschen nicht so verdammt schwer zu durchschauen wäre.

All dieses Suchen, Wollen und Streben lässt dein Leben schnell wie ein ausgehöhltes kompliziertes und zweckloses Dasein erscheinen. Dabei ist in jedem Augenblick alles vollkommen. Es muss nur gesehen und erfahren werden. Mit jedem Atemzug strömen die unendlichen Geheimnisse des

Lebens in dich ein, jedes Blatt spricht von ihnen, die Vögel singen darüber und die weißen Wölkchen am Himmel weisen genauso darauf hin, wie alle anderen Dinge, die dir in jedem Moment begegnen.

30

Was ist der Sinn des Lebens? Wie wirst du dir des jetzigen Momentes bewusst, wenn du ständig als ein Teil des Zeitstromes dahin fließt? Wie wirst du etwas gewahr, dessen Teil du bist? Die Blätter können dir nicht viel darüber verraten, sie können dir nicht sagen, wer du selbst bist und was der Sinn deines Lebens ist. Aber sie geben dir die Möglichkeit, dich von einem Punkt aus zu betrachten, der sich um hundertachtzig Grad von deiner eigenen Gedankenwelt, deinen Illusionen und deinen Wunschvorstellungen unterscheidet.

Auch wenn die Blätter selbst eine Art Illusion erzeugen, können sie große Veränderungen bewirken. Du siehst für kurze Zeit die Dinge auf verschiedenen Ebenen – so als würdest du mit einem Fuß auf dem Gipfel des Berges stehen und mit dem anderen noch im Tal. Du blickst von einem höheren Standpunkt herab und erkennst aus der Ferne, in welche Richtung sich der Strom des Lebens bewegt und wohin er fließt, obwohl du selbst noch immer ein Teil von ihm bist. Die Grenzen sind durchsichtig geworden!

Wenn du diese Erfahrung machst, verlieren die Dinge des alltäglichen Lebens ihre Bedeutung – selbst die Zeit wird zu einem unwichtigen Traumgebilde. Du merkst, wie der jetzige Augenblick immer wichtiger und bedeutsamer wird, wie er sich immer weiter und weiter ausdehnt, bis alles zu einer Ewigkeit verschmilzt. Eine Ewigkeit, die ein Teil von allem ist. Dies kann deine Sichtweise auf die Welt grundlegend verändern, weil du erkennst, dass jeder Augenblick die Ganze zeitlose Ewigkeit in sich birgt. Hier in diesem Moment beginnt und endet dein komplettes Leben. In jedem Moment erschaffst du dich neu. Kein Tag, keine Stunde und keine Minute sind so wie die Vorangegangenen."

So ausführlich sprach Hans nur einmal mit mir. Er machte kein Geheimnis daraus, dass er jede Art von Drogen und Rausch im Grunde verabscheute, vor allem, wenn sie zur Betäubung der Sinne oder zur Realitätsflucht missbraucht wurden. Aber er fand in diesen Blättern ein Mittel, die Menschen, die zu ihm kamen, aufzuwecken, er konnte ihren Weg verkürzen. Anne hatte mir einmal erzählt, dass Hans über 20

Jahre seines Lebens auf der Suche gewesen war und ohne dieses Hilfsmittel jahrelang am Abgrund der Verzweiflung gestanden hatte, bis er selbst eine Lösung fand. Erst viel später entdeckte er auf einer Reise die Blätter. Sie vermochten ihm nichts mehr zu zeigen. Allerdings merkte er schnell, dass sie vielen anderen Menschen das Tor zu einer neuen Weltsicht öffnen konnten.

31

Eine ganze Zeit lang hatte niemand von uns ein Wort gesprochen. Nun brach Hans das Schweigen und schlug uns eine kleine Nachtwanderung vor. Anne und Laura jedoch wollten ihr warmes Plätzchen nicht verlassen. So ging ich mit Hans alleine los. Als sich unsere Augen langsam an das Dunkel gewöhnt hatten, sahen wir den Garten geheimnisvoll im kalten Licht des Mondes liegen, der hoch über uns am Himmel stand. Während wir langsam durch den nächtlichen Wald spazierten, sagte ich: „Weißt du, wie froh ich bin, dass ich Laura kennen gelernt habe? Ich erinnere mich noch ganz genau, an den Augenblick, als sie mir an jenem Frühsommerabend im Juni auf deiner Veranda begegnet ist. Sie schien mir auf den ersten Blick genau der Mensch zu sein (und ist es auch heute noch), auf den ich mein ganzes Leben lang gewartet hatte."

Laura war groß, fast um einen halben Kopf größer als ich. Gerne band sie sich ihre langen dunkelbraunen Haare zu einem Pferdeschwanz zusammen. Doch das Bezauberndste an ihr waren die tiefbraunen, ausdrucksstarken Augen, in denen sich ihr ganzes Wesen widerspiegelte. Ihr Blick konnte so viel Liebe und Wärme ausstrahlen, dass sie mich nur anzusehen brauchte, um mich in ihren Bann zu ziehen.

Wie alle Menschen, die ich bei Hans kennen lernte, hatte sie etwas Besonderes und Außergewöhnliches an sich. Nicht nur, weil sie ihrem eigenen Kleidungsstil treu blieb. Sie trug oft ältere, manchmal sehr ausgewaschene Stücke und vom Sommer bis weit in den Herbst hinein verrückte Kleider, die häufig einen verspielten, sehr romantischen Eindruck hinterließen. Ihrem Wesen nach war sie voller Energie und Leben. Manche Stunde jedoch ruhte sie auch ganz in sich selbst. Dann wirkte sie träumerisch, was aber nicht ausschloss, dass sie schon im nächsten Augenblick voller Kreativität und Lebensfreude aufblühen konnte.

Als ich ihr das erste Mal bei Hans begegnet war und wir uns einander vorstellten, kamen wir gleich in ein sehr vertrautes Gespräch. Sie war in ihrer gesamten Art sehr offen und voller Natürlichkeit, so dass ich mich sofort stark zu ihr hingezogen fühlte. Was mich allerdings am meisten erstaunte: Laura schien es genauso zu gehen.

Wie oft hatte ich in meinem früheren Leben schon Sympathien für eine Frau empfunden, aber bisher war ich nie auf eine Erwiderung meiner Gefühle gestoßen. Doch jetzt, wo ich mit meinem Leben, so wie es war, zufrieden sein konnte und mir eine Partnerin gar nicht mehr so wichtig schien, lief ich in diesem Garten meiner Gefährtin über den Weg. Schon am Ende dieses ersten Abends lagen wir uns wie alte Freunde in den Armen.

Aus dieser Begegnung hatte sich viel entwickelt. Ich hatte in Laura eine Partnerin gefunden, die ihr Leben mit mir teilen wollte. Wir beide waren bereit, auf ein kleines Stück unserer Persönlichkeit zugunsten des Anderen zu verzichten, auf einander zuzugehen, den Anderen kennen zu lernen, auf ihn einzugehen und ihn verstehen zu wollen. Dieses Hineinversetzen und Einfühlen in einen anderen Menschen war für uns beide ein großer Gewinn.

32

Schnell waren die Monate vergangen. Ein goldener Herbst zog über das Land und wurde von einem regenreichen November mit langen Nebeltagen abgelöst. Es gab einen nassen und verhältnismäßig warmen Winter, in dem es erst Anfang Februar richtig kalt wurde. Die feuchte Luft, die die meiste Zeit aus nordwestlichen Richtungen heranströmte, entlud sich jetzt in Schnee und Winterstürmen.

Nach dem Erwachen fiel mein erster Blick auf das Fenster unseres Schlafzimmers, Eisblumen bedeckten das unter Drittel der Scheibe. Es war bitterkalt im Raum. An diesem Morgen war der Himmel endlich wolkenlos und schimmerte hellblau im ersten Tageslicht. Nach zwei Wochen ohne Sonnenschein, dafür aber mit Schnee, Nebel und tief hängenden Wolken, war das ein wunderschöner Anblick. Leise stand ich auf und schlich auf Zehenspitzen aus dem Zimmer, um Laura nicht zu wecken.

Ich zog mich in der warmen Küche an, kochte mir einen schwarzen Tee und aß eine Kleinigkeit. Heute war Samstag und ich hatte Laura versprochen, frische Brötchen für das Frühstück zu holen. Als ich endlich abfahrbereit die Haustür öffnete, lag die Landschaft in gleißendem Licht vor mir. Die letzten drei Tage hatte es fast ununterbrochen geschneit und die Wege, der Garten, der Wald, ja die ganze Welt schienen unter einer dicken Schneeschicht verschüttet worden zu sein.

Obwohl ich mich in den letzten vier Monaten gut eingelebt hatte, überkam mich bei vielen Gelegenheiten ein Gefühl, das ich nur von langen Reisen kannte und als eine Mischung von Neugierde, Wehmut und Freude beschreiben würde. Genau diese Stimmung empfand ich jetzt inmitten dieser morgendlichen Winterlandschaft, die sich, soweit das Auge reichte, vor mir ausbreitete. Ich stand vor der Tür unseres Hauses und sah auf eine vom Schnee verzauberte Welt. Es war still. Kein Ton war zu hören. Nur das Geräusch meines Atems, der beim Ausatmen in dicken Wölkchen kondensierte war zu hören. Der Schnee knirschte unter meinen Füßen, als ich das kurze Stück zu meinen Skiern stapfte.

Mein Weg führte mich einen schmalen Pfad entlang mitten durch den Birkenwald, der nach ein paar hundert Metern in einen Kiefernforst überging und immer weiter durch den Wald lief, bis er an der anderen Seite am Haus von Hans wieder zu einem Fahrweg wurde. Wenn ich dort wäre, hätte ich schon mehr als die Hälfte auf dem Weg zum Bäcker hinter mir.

Trotz der Kälte rann mir bald der Schweiß über das Gesicht. Ich war kein besonders geübter Langläufer und der frische Pulverschnee machte es nicht gerade einfacher, sich einen Weg zu bahnen.

33

Im Licht der Sonne glitzerten die schneebedeckten Bäume und die Luft war voller kleiner Eiskristalle, die aus dem Himmel herab wirbelten. Die gleichförmigen und rhythmischen Bewegungen beim Skilaufen, die Stille und der tief verschneite Wald schienen auf natürliche Weise meine Konzentration und Achtsamkeit zu stärken. Ich fühlte deutlich meinen Körper, seine Wärme und die Anstrengung in den Muskeln. Langsam sog ich die kalte Winterluft ein, spürte wie sie sich in meiner Nase erwärmte, in die Lungen strömte, um sich beim Ausatmen warm und feucht mit der kalten Umgebungsluft zu vermischen.

Die Grenzen zwischen dem winterlichen Wald und mir verwandelten sich: Sie wurden fließender, durchsichtiger und schließlich unbedeutend. Ich lief durch den Wald oder lief ich gar nicht, sondern stand still und der Wald glitt an mir vorbei? Wenn ich atmete, dann sog alles um mich herum ebenso Luft ein und folgte meinem Rhythmus meinen Bewegungen. Es konnte aber genauso gut auch der Rhythmus und die Bewegung des Waldes oder der Welt um mich herum sein, denen ich folgte. Dies schien mir sogar am wahrscheinlichsten. Erst eine Gruppe von fünf Rehen, die nur ein paar Meter vor mir über den Weg rannten, brachte mich aus diesem Zustand zurück.

Es dauerte nicht mehr lange, bis ich zum Haus von Hans kam. Der gerade dabei war, den Gartenweg vom Schnee der letzten Tage zu befreien und ihn zu einem hüfthohen Wall aufzuhäufen. Als ich für einen Moment am Eingang zum Garten stehen blieb, um ihn zu begrüßen, kam er mir ans Tor entgegen. Er gab mir die Hand und lud mich zu einem heißen Tee ein. Ich bedankte mich für die Einladung, lehnte sie aber ab. Schließlich wollte ich so bald wie möglich mit Laura frühstücken.

Hans meinte daraufhin: „Dann will ich dich nicht weiter aufhalten. Vielleicht könntet ihr beiden uns heute Nachmittag gemeinsam besuchen kommen."
Ich willigte ein allerdings wollte ich vorher noch mit Laura darüber sprechen. Im Grunde hatte sie bestimmt nichts gegen den Besuch einzuwenden, da wir beide gerne an diesen Ort kamen.

Der Rückweg vom Bäcker war weniger anstrengend da ich in meiner eigenen Spur fahren konnte und es einen Großteil der Strecke leicht bergab ging. Als ich an unserem Haus ankam, hatte Laura in der Küche den Frühstückstisch gedeckt und es duftete bereits nach frisch gemahlenem Kaffee.

34

Nach dem Mittagessen besuchten wir Hans. Er bereitete uns einen gelagerten Oolong Tee vom Alishan Berg (Teeanbaugebiet in Taiwan) zu, der in den winzigen Porzellanschälchen golden schimmerte. Dieser außergewöhnliche und kostbare Tee passte wirklich gut zu diesem sonnig kalten Wintertag. Anschließend saßen wir noch eine lange Zeit an dem großen Runden Tisch im Wohnzimmer zusammen, bis das Licht der flach stehenden Wintersonne in den Raum viel, was für uns das Zeichen zum Aufbruch war.

Auf dem Nachhauseweg gingen wir so durch den Wald, dass wir an den schönsten Stellen vorbeikamen. Der Schnee war ein großartiger Maler und Gestalter, der dem Wald ein ganz anderes Aussehen gab. Vieles war so verschneit, dass man selbst die vertrautesten Wege kaum wiedererkannte. Erst als die Sonne schon hinter den Bäumen im Westen untergegangen war, kamen wir zu unserem Haus zurück.

Ich war ein wenig durchgefroren und schlug Laura vor, den Tag mit einem Glas heißen Whisky ausklingen zu lassen. Wir beide tranken selten Alkohol. Jedoch hatte ich in früheren Jahren eine ordentliche Hausbar besessen, deren Inhalt jetzt zusammen mit den Weinvorräten in einer Kellerecke verstaubte.

Während Laura die Groggläser aus dem Schrank nahm, eine Zitronenscheibe, fünf Gewürznelken und als kleine Verfeinerung ein Stück Zimtstange hineinlegte, ging ich in den Keller, um einen passenden Whisky auszusuchen.

Zehn Minuten später saßen wir gemütlich im Wohnzimmer auf der Couch zusammen. Vor uns standen die Groggläser mit ihrem dampfenden Inhalt auf dem Tisch. Es war ein herrliches Gefühl, nach einem langen Spaziergang durch den Wald im warmen Zimmer zu sitzen, heißen Whisky zu trinken und draußen das Land im tiefen Blau eines kalten Winterabends versinken zu sehen.

Epilog

Wieder einmal saß ich in dem kleinen gemütlichen Teeraum, zusammen mit Laura und einigen anderen Gästen, die fast alle gute Bekannte oder Freunde waren. Hans hatte uns vor ein paar Tagen zu dieser Teezeremonie eingeladen, um den Beginn des Frühlings zu feiern. Der Winter und mit ihm der Schnee hatten sich schon vor Wochen in die Berge zurück gezogen. Überall in Wald und Garten erwachte nun die Natur aus ihrem Schlaf. Die Amseln und Meisen sangen aus voller Kehle ihre Frühlingslieder, die Lärchen trieben die ersten grünen Nadeln und an vielen Stellen lugte das frische Waldgras unter dem Laub des letzten Jahres hervor.

Ein mir unbekannter junger Mann Anfang Dreißig, der etwas scheu neben uns anderen saß, nahm ebenfalls an der Teezeremonie teil. Er wirkte in seinen Bewegungen unsicher und sein Blick huschte, ohne uns anzublicken durch den Teeraum. Das Einzige, was uns Hans gesagt hatte, war, dass er Herbert hieß. Von ihm selbst war die ganze Zeit kaum etwas zu erfahren.

Nach der Teezeremonie verbrachten wir einen geselligen Nachmittag. Schnell war es dabei Abend geworden und alle Gäste außer Laura, Herbert und mir waren schon gegangen. Wir saßen mit Anne und Hans um den großen Tisch im Wohnzimmer herum. Anne hatte sich den ganzen Abend rührend um Herbert bemüht, ihm wie mir damals ihre Lebensgeschichte erzählt und alles dafür getan, eine gelöste Atmosphäre zu schaffen. Auch Laura und ich hatten sofort gefühlt, dass uns hier eine verwandte Seele gegenüber saß. Ein Suchender, der auf seiner Reise vom Weg abgekommen und bei Hans gestrandet war. Ein Verzweifelter, der noch nicht wusste, dass er die Antworten auf seine Fragen schon immer gekannte hatte. Jemand, der nicht ahnte, dass er die Fragen, die ihn plagten, selbst beantworten musste.

Längst hatte ich gemerkt, dass heute der Abend war, an dem Hans ihm die Blätter anbieten und ihm einen Weg zu sich selbst zeigen würde.

Als Anne nach dem Abendbrot Adlerholz verräucherte und der schwere mystische Duft den Raum durchzog, als sein Zauber uns in seinen Bann schlug, war ich tief bewegt und gedachte jenes Abends vor fast zwei Jahren, an dem ich ebenso hier gesessen hatte wie Herbert jetzt.

Danksagung

Ich danke meinen Eltern,
ohne deren Geduld diese Geschichte
nie geschrieben worden wäre.

*

Dr. Kerstin Mirow und Manfred Miethe
für ein umsichtiges, sorgfältiges Lektorat
und unschätzbare Inspirationen.

*

Marina Grebe
für das Korrekturlesen
sowie für wichtige Hinweise
zu Ausdruck und Sprachform.

*

Annette Niederhagemann und Ute Schombert
das sie den Glauben und die Idee
für dieses Buch über all die Jahre
in mir wach hielten.